Ho vinto te

Christmas Island

Romanzo contemporaneo

SCARLETT DOUGLAS SCOTT

Ho vinto te (Christmas Island)
I° edizione gennaio 2010
© 2009 – Solange Mela
Tutti i diritti riservati
© Edizioni Domino – di Mela Solange

II° edizione maggio 2019
©2019 – Solange Mela
Tutti i diritti riservati

Ogni riferimento a persone e a fatti realmente accaduti è da ritenersi puramente casuale

Copertina: Greenleaf Studio

*"Vedere il mondo in un granello di sabbia,
e il cielo in un fiore di campo,
tenere l'infinito nel palmo della mano
e l'eternità in un'ora."*

William Blake

Kiritimati

MacLanart si svegliò da un sonno tormentato, trovandosi in un bagno di sudore. Spalancò gli occhi fissando il soffitto di legno e i giochi di luce creati dall'alba che si rifletteva sulla superficie liquida della laguna, al di là della parete di vetro.

Lentamente, respirando con un ritmo regolare, fece tornare il cuore a un battito normale: era stato un brutto sogno, ma fin troppo reale.

Rotolò le gambe giù dal letto, prendendosi il capo nelle mani e ravviandosi i capelli biondi all'indietro. All'interno della stanza c'era silenzio, se si escludeva il lieve ronzio del generatore proveniente dal seminterrato che teneva accesa l'aria condizionata.

La parete di vetro a pannelli riusciva miracolosamente a escludere i rumori della boscaglia.

Guardò l'orologio sul comodino: le sei e trenta del mattino. Diede un'occhiata attorno, constatando che c'era tanto disordine come quando era rientrato in camera la sera prima, nauseato dall'afa irrespirabile delle saline a Les Iles Lagoon, e si era gettato sul letto con la divisa e gli stivali, fregandosene altamente di tutto ciò che non assomigliasse a dodici ore di sonno continuato.

Una contrazione allo stomaco lo avvertì che era passato parecchio tempo da che aveva mangiato all'ora di pranzo del giorno prima. Si alzò con un sospiro, e aprendo l'armadietto che fungeva da dispensa ripescò una scatola di pane biscottato, il suo preferito. Ne sgranocchiò una fetta tranquillamente, cercando di sfilarsi allo stesso tempo lo stivale destro, e non era un'impresa da poco per uno appena sveglio. Riuscì a toglierlo e lo lanciò sotto una poltrona di vimini sepolta da una montagna di panni da lavare.

"Mio Dio!" con un lamento riuscì a sfilare anche l'altro stivale e si lasciò cadere di traverso sul letto a due piazze.

Lavorare in una stazione di rangers in un atollo tropicale sperduto del Pacifico in piena estate stava diventando troppo pesante per le sue forze. Il guaio era che iniziava a sentire nostalgia di casa.

Oh, non aveva lasciato un granché di casa, famiglia e amici. Era solo stanco di avere a che fare con turisti che girovagavano per la laguna senza una guida, animali cacciati di frodo e ratti nel letto o in giro per la casa.

Non odiava i ratti, anzi. Purché se ne stessero lontano dalla dispensa, cosa praticamente impossibile da quando era sparito l'ultimo gatto che James aveva portato da Banana.

I ratti polinesiani avevano invaso Kiritimati molti anni prima che Cook riscoprisse l'atollo nel 1777, forse portati dalla popolazione locale che commerciava con le isole Phoenix e le Hawaii. Nonostante la colonizzazione inglese avesse introdotto una specie di gatto selvatico per predarli, i ratti continuavano imperterriti a infestare i villaggi. I gatti selvatici si erano rivelati buoni solo per predare gli uccelli migratori, mentre i gatti domestici parevano poco propensi alla vita da cacciatore e si facevano sfamare dai loro padroni o dai turisti, come aveva fatto l'ultimo gatto che aveva soggiornato alla Stazione.

I ratti... ecco cosa aveva sognato! Si rialzò a sedere di scatto, fissando la parete di fronte coperta di poster naturalistici.

... il canale dietro casa sua, a Santa Barbara, svuotato dall'acqua d'irrigazione dei giardini a terrazze, coperto da un metro di melma e di ratti che vi nuotavano dentro. Era in piedi sulla sponda del canale e fissava quel fango mobile, chiedendosi

se vi sarebbe caduto dentro, lambiccandosi il cervello sulle ore che avrebbe impiegato per morire divorato dai morsi, dell'impiego di un pesticida più potente da tenere nello zaino...

Dio, stava impazzendo...

Balzò in piedi, si strappò di dosso con rabbia la polo e i calzoni della divisa, uscì sul pontile di legno e si gettò nella laguna, nuotando con vigore. L'impatto con l'acqua fredda lo calmò, restituendogli la lucidità e la sveltezza di riflessi.

Il basso fondale limpido del South Passage, a poche centinaia di metri di distanza dalla barriera corallina che tratteneva le acque profonde dell'Oceano Pacifico, era un tripudio di colori sgargianti e vita sommersa. Un sole chiaro, che prometteva una nuova giornata afosa, stava sospeso appena sopra la linea dell'orizzonte, nascondendosi dietro una fila di palme da cocco.

Per una volta, all'ingresso della laguna non vide le vele bianche ondeggiare verso la barriera corallina, con le guide che mostravano ai visitatori i colorati esemplari di pesci che popolavano il fondale, quasi alla stregua di un acquario.

Aveva un'opinione contrastante su quel che riguardava i turisti.

A suo tempo era stato un turista pure lui, perciò non poteva accanirsi contro di loro sfoggiando il patriottismo che solo un indigeno, nato su Kiritimati, avrebbe potuto dimostrare verso l'atollo.

Col tempo però, dopo che aveva deciso di restare a vivere in quel posto dimenticato da Dio a tempo indeterminato, aveva acquisito un particolare senso di possesso verso la laguna e i suoi abitanti.

I sentieri che percorreva di pattuglia ogni giorno, gli stagni che attraversava con il fuoribordo, lo stormire degli uccelli migratori, tutto era diventato parte di un mondo definito, dai contorni netti, semplice da comprendere, facile da amare in maniera assoluta.

L'atollo era una contraddizione in termini: così diverso dalle altre isole dell'arcipelago, arido e battuto dal vento, avaro con i suoi abitanti che lottavano per guadagnare qualche soldo dalle coltivazioni, sfruttato dagli esperimenti nucleari, impoverito da cambiamenti climatici estremi, e allo stesso tempo paradiso per specie protette, che in quella striscia di terra e acqua salata avevano trovato rifugio e asilo.

Per l'uomo era una sfida costante, rimanere a vivere sull'atollo. Era necessario pensare come una sterna, imparare a muoversi come un gatto selvatico, ragionare come una tartaruga.

Una volta capito quello, tutto diventava naturale.

E diventava insopportabile la presenza degli estranei, quegli stranieri che arrivavano a manciate in cerca del brivido di un'immersione, dell'escursione nelle saline, della pesca da primato.

Con addosso l'odore di crema solare e gl'infradito, lo sguardo sgranato e le camicie hawaiane, le fotocamere digitali ad alta risoluzione e la caccia al souvenir.

Evitava di entrare nei centri turistici come London a meno che non ve ne fosse costretto, optando per un turno di guardia in più e lasciando a Turner il compito di tenere i collegamenti con il Comando.

Al suo collega la sistemazione era più che gradita. Turner non amava la solitudine di Benson Point, preferendo raggiungere la cittadina piena di vita e di turiste ricche e compiacenti, sempre disponibili a passare una serata in compagnia di un uomo con addosso una divisa, anche solo per potersene vantare con le amiche al ritorno nella civiltà.

MacLanart invece le evitava il più scrupolosamente possibile. Dopo averne frequentate alcune, brevi avventure di un paio di notti in hotel, aveva capito di essere diventato troppo diverso da loro. Forse era stato il vento, forse la laguna. Tra lui e quelle donne si era creato un abisso, che a guardarvi dentro dava le vertigini.

Per più di trent'anni aveva fatto parte del loro mondo patinato, superficiale e in corsa per il sogno americano, prima che crollasse in una tragedia.

Aveva cercato di cancellare parte delle sue colpe attraversando in lungo e in largo il Pacifico con il suo yacht, raccontandosi la favola che allontanarsi dal luogo del dolore avrebbe aiutato ad annullare i ricordi.

Fino a che era sceso su quell'atollo, nient'altro che acqua salata e terra aspra. La storia di quel posto l'aveva avvinto nelle sue spire, lo aveva stregato, come tutti gli stranieri che avevano finito per risiedere a London o a Poland. Non c'era un motivo particolare a trattenerli.

Christmas Island era diventato per lui, e per loro, terra di confine. Come le cittadine polverose del Far West, la vecchia frontiera americana dei pistoleri e dei giocatori d'azzardo, delle ballerine di cancan e dei cercatori d'oro.

Come sceriffi del vecchio West, aveva trovato i rangers che proteggevano il parco marino dai bracconieri e dai pescatori di frodo.

E non era più ripartito.

La decisione di restare a vivere sull'atollo aveva modificato radicalmente la sua prospettiva nei confronti delle persone.

Non riusciva più a vedere i suoi simili come facenti parte di un sistema di vita, ma alla stregua di parassiti che si avventavano sulle poche risorse naturali del posto per estrarne il massimo vantaggio.

Il piumaggio degli uccelli migratori era ambito dagli artigiani manifatturieri dei souvenirs, incentivando la caccia di frodo, così come il corallo, le tartarughe, e la fauna marina erano agognati da ricchi pescatori occasionali.

Passatempi per esigenti vacanzieri con le tasche piene di soldi, impegnati in surreali pesche d'altura oltre la barriera corallina, che lasciavano le mogli annoiate e sole in caccia libera della *fauna* maschile locale.

Di conseguenza si era formata, nella mente collettiva degli indigeni, l'idea che i turisti arrivavano per i pesci tropicali, mentre le turiste arrivavano per il sesso tropicale.

Il suo sogno di un luogo tranquillo e fuori dal mondo si era perciò infranto davanti alle necessità di sopravvivenza di una piccola comunità, che non poteva tirare avanti con i soli raccolti di banane.

Almeno, poteva evitare di relazionarsi con i visitatori della laguna restando nelle zone meno battute.

Il trillo lontano della radio uscì dalle finestre della cucina, chiamando insistentemente. Tornò indietro, nuotando con molta più calma, una bracciata dopo l'altra, sapendo che anche se non avesse risposto subito dal Comando avrebbero richiamato. Si arrampicò sul pontile, strizzando nelle mani le ciocche bionde che gli ricaddero sugli occhi grigio-verdi, dirigendosi verso la portafinestra della sua camera. Raccolse i calzoni dal pavimento della camera e li infilò saltellando prima su un piede e poi sull'altro sino alla sala dove era stata installata la postazione radio, lasciandosi alle spalle una pista d'impronte d'acqua sull'assito.

Accese la radio e afferrò il trasmettitore.

"Benson Point in ascolto".

"Buongiorno Marin".

"Buongiorno Lara. Ti hanno tirato giù dal letto, stamattina?"

Dall'altra parte scorse una risatina, poi la voce

della donna tornò seria.

"Abbiamo il nuovo bollettino meteo. Il tifone sta cambiando direzione, lo avremo addosso entro ventiquattro ore. Stiamo evacuando i villaggi turistici a London e Main Camp per portare gli stranieri ai rifugi a Honolulu.

"Provvedo ad avvisare gli indigeni nella mia zona. Hai notizie di Turner?"

"È passato al Comando mezz'ora fa, andrà a Banana e Tabwakea, e rientrerà a Benson Point domani mattina... missione... Poland..."

"Lara?... Lara, non ti sento".

"..."

"Lara?... Larissa, mi senti? Comando London mi sentite?"

Dall'altra parte rispose una lunga serie di scariche elettrostatiche, poi il silenzio.

Un rumore sul tetto, come passi trafelati. Poi lo starnazzare improvviso di un uccello e un lungo lamento felino, talmente grave da far accapponare la pelle.

Uno schianto.

MacLanart gettò il trasmettitore sul tavolo accanto alla radio, precipitandosi fuori dalla porta.

Un gatto selvatico schizzò via come un fulmine, trascinandosi dietro le penne grigio scuro di una *Egretta Sacra*.

Alzando il volto verso la grondaia vide la punta dell'antenna-radio sporgere riversa sul tetto, e il nido di rami e fiori della povera cicogna devastato dagli artigli del felino.

"Bene. Un ottimo inizio di giornata. Una cicogna in meno e senza quell'antenna siamo tagliati fuori dal mondo".

Si rese conto di parlare da solo e si diede dello stupido. L'isolamento della stazione lo stava facendo uscire di testa.

Rientrò con un sospiro nella cucina della

stazione. Ci mancava anche il tifone.

Cercò nell'armadio della stanza una canotta verde e l'ultima divisa mimetica in buono stato che aveva, e le infilò in fretta, cercando di apparire almeno esteriormente un ranger efficiente, nonostante il sonno e le ragnatele che gli frullavano nella testa.

Un caffè gli avrebbe schiarito le idee. Un caffè forte, alla maniera degli europei, come lo faceva la sua nonna italiana.

Doveva fare il giro delle piantagioni e avvisare la missione cattolica di Saint Stanislaus a Poland, accanto a South-West Point, poi rientrare immediatamente alla stazione e aggiustare l'antenna, e bloccare le vetrate con le tavole di legno, per evitare che il tifone se le portasse via come l'ultima volta.

E sperò che James Turner tornasse presto da Tabwakea con le provviste e l'acqua.

Sorseggiando il caffè infilò sopra la canotta la fondina ascellare, dove ripose la Sieg-Sauer, sulla quale indossò la camicia della divisa lasciata aperta. Faceva già abbastanza caldo per essere così presto, e le ore che avrebbero preceduto il tifone sarebbero state ancora più afose e insopportabili. Dalla rastrelliera prese il Remington e una scatola di cartucce.

Assicurò il pugnale da caccia nel fodero interno dello stivale, recuperò il binocolo e lo zaino.

La via più veloce per raggiungere il villaggio di Poland era la laguna. La jeep l'aveva presa Turner, perciò gli restava come unico mezzo di trasporto il fuoribordo bianco con il distintivo della Great Barrier Reef Marine Park Authority, ente di sorveglianza australiano che aveva l'incarico della protezione dei parchi naturali della grande barriera corallina e degli atolli.

L'atollo Kiritimati era stato dichiarato *wildlife*

sanctuary, area di protezione faunistica, dopo la cessazione degli esperimenti nucleari americani e inglesi nel 1962, i cui effetti erano ancora classificati top secret. Da quell'anno organizzazioni governative e associazioni ambientaliste avevano ottenuto la riqualificazione dell'atollo in area protetta e di salvaguardia del patrimonio faunistico e marino, con il supporto delle squadre di Rangers della Marine Park Authority di sorveglianza alla laguna e alla terraferma.

Saltò nel fuoribordo, sciolse le gomene che lo tenevano ancorato al pontile e avviò il motore.

Sopra la sua testa sfrecciò con il rumore di una zanzara assordante il Cessna CJ2+ di Marc Gallway. La Air Pacific doveva aver iniziato l'evacuazione dei villaggi turistici già alle prime luci dell'alba.

Gallway lavorava come freelance per la compagnia aerea, supplendo alla necessità di voli interni tra gli atolli, o trasportando i turisti in visite guidate sopra la laguna per i safari fotografici. Era probabile che avessero tirato giù dal letto anche lui per fare la spola tra Kiritimati e Honolulu. Se non altro, non ci sarebbero stati turisti seccatori in giro nell'atollo per almeno una settimana. Gallway si stava certamente portando via tutti gli stranieri che poteva trasportare, approfittando del tifone per farsi pagare a peso d'oro il volo fuori programma.

Con una breve virata si allontanò dal pontile, poi accelerò fendendo le acque trasparenti della laguna con lo scafo bianco. Doveva sbrigarsi.

Turista fai-da-te

Kiritimati apparve dopo un banco di nuvole.

Mark Gallway virò in diagonale, facendo rotta per la pista d'atterraggio che si stendeva sull'altro lato dell'atollo.

Gratificò di una breve occhiata la donna seduta alle sue spalle, giusto per assicurarsi che fosse ancora viva. Da più di dieci minuti non produceva alcun rumore, come se si fosse addormentata, invece era assorta a guardare il mare oltre il finestrino, comodamente rilassata sul sedile di pelle color avorio. Davanti a lei, aveva abbandonato sul tavolino la rivista di moda e il piccolo laptop, sul quale aveva lavorato per quasi un'ora dopo il decollo.

Lei parve accorgersi della sua occhiata e piegò la testa di lato, alzando la voce per farsi sentire sopra il rumore dei motori.

"È una bella vista da quassù. La laguna è impressionante".

Gallway annuì, inserendo alcuni comandi alla consolle, poi si volse brevemente.

"È senz'altro uno degli atolli più belli delle Line Island. Lo sa che questo è il primo posto abitato al mondo dove avviene il cambio di data ogni giorno?

"Veramente?" lei piegò la testa per vederlo meglio, al di là del poggiatesta del sedile di fronte.

"Certo. Infatti si festeggia il Capodanno prima su Kiritimati che in ogni altro posto. Molti turisti vengono qui per vedere sorgere la prima alba del nuovo anno". Gallway la vide sorridere, lo sguardo di nuovo oltre il vetro del finestrino, perso in chissà quali romantici pensieri rivolti a capodanni esotici. "È sicura di voler rimanere sull'atollo? Le autorità locali stanno evacuando i turisti, non saranno felici di vederla".

Aveva caricato la donna all'aeroporto di Honolulu, dopo che lei aveva insistito per un passaggio aereo. Gli addetti dell'Air Pacific si erano rifiutati di accettare il suo biglietto già prenotato per Kiritimati, per la questione del tifone. Tutti i voli diretti alle isole erano stati cancellati e i turisti ospitati nei rifugi degli alberghi.

La donna rise, e gli occhi castani s'illuminarono di entusiasmo.

"Sono al corrente dell'arrivo del tifone, stia tranquillo. Sono qui proprio per quello".

"Per il tifone?"

"Sì. Lavoro per la Australian Biological Resources Study, una sezione del Dipartimento per l'ambiente del governo australiano".

"Non sarà per caso una cacciatrice di tornado? Ho avuto a che fare con alcuni pazzi quando lavoravo in Kansas, gente che rincorreva i tornado per studiarli da vicino, rischiando la vita".

"No, stia tranquillo. Io sono qui per fotografare la vita faunistica nella laguna. Sto raccogliendo materiale per una pubblicazione scientifica. Nell'83 El Niño ha devastato la fauna dell'isola, perciò il mio dipartimento sta eseguendo un monitoraggio delle specie migratorie su un piano trentennale".

Gallway le rispose con un cenno di assenso, senza togliere gli occhi dalla consolle. La virata stava portando il Cessna a sorvolare il South Passage e Benson Point. Incrociarono un aereo della Air Pacific che lasciava l'isola con il suo carico di turisti evacuati.

"È senz'altro interessante come lavoro, ma non credo siano le giornate adatte. Il tifone creerà parecchi danni sull'atollo, gli animali lasceranno i nidi, per qualche giorno non troverà nient'altro da fotografare che i pesci e le tartarughe, ammesso che non se ne vadano anche loro".

La donna scosse la testa. Inforcò gli occhiali

scuri quando il Cessna virò verso ovest per iniziare le manovre di atterraggio e il sole invase il finestrino dal suo lato.

Gallway, che si aspettava una risposta, la guardò ancora un istante. Così inondata dalla luce del sole, i capelli di un castano dorato acconciati in voluminosi riccioli scomposti parevano prendere vita e incendiarsi. Il viso dai lineamenti fini era composto in un'espressione assorta, quasi estraniata. Le mani sottili dalle unghie smaltate di rosso giocavano distrattamente con l'orlo della camicetta di seta bianca, abbandonate sulle gambe accavallate e fasciate nella gonna dello stesso colore.

Lei si accorse del suo esame e Gallway distolse lo sguardo tornando ai comandi.

"Si allacci la cintura di sicurezza. Stiamo per atterrare".

Il Cessna planò sulla spianata di cemento del Cassidy International Airport.

La donna attese che il pilota aprisse lo sportello e calasse la scaletta, poi scese in fretta tirandosi dietro un trolley, la custodia del laptop e la borsa dell'attrezzatura fotografica. Alzò gli occhi al cielo azzurro cobalto dei tropici, di un colore così intenso che la sconvolse, strappandole un sorriso. Le piaceva, quel posto.

L'atmosfera asciutta temperava il calore che saliva dall'asfalto, che già di primo mattino si avvicinava ai venti gradi, con l'aria calda del *Trade-wind*[1] che soffiava costantemente inaridendo il terreno e sollevando una polvere sottile.

Il sole e il vento iniziavano a diventare fastidiosi, ma non si lasciò scoraggiare. Si sedette su una panchina di plastica sotto il cartello con l'insegna

---

1 *Trade wind*: è il vento tipico della fascia tropicale, chiamato così per essere utilizzato da secoli dalle navi mercantili.

del servizio taxi, rimettendo sul naso gli occhiali da sole, in attesa di veder arrivare qualcuno dal nastro d'asfalto che si perdeva nell'orizzonte polveroso.

Attorno a lei, uno strano silenzio rotto solo dalle grida di alcuni gabbiani. Si era aspettata più vita, per essere un aeroporto turistico.

Il rombo di una jeep alle sue spalle la scosse per un attimo, fermandosi a pochi passi da lei. Mark Gallway le fece un cenno con la mano, al posto di guida. La divisa bianca da pilota, con le mostrine e i bottoni dorati, creavano un effetto abbacinante sotto il sole, donandogli un fascino superiore a quello che avrebbe dimostrato in abiti civili. Gli occhiali scuri mascheravano in parte l'espressione divertita che aveva sul volto, ma non la piega ironica delle labbra.

"Se vuole le do un passaggio fino al resort. Devo andare a Main Camp a prendere altri turisti. Lei dov'è alloggiata?"

Lisa balzò in piedi. Stava per dire il nome dell'albergo che aveva prenotato, ma si trattenne all'ultimo secondo, per una sorta d'istinto di riservatezza. Inconsueto, doveva ammetterlo, ma la curiosità di quel pilota le creava un po' di diffidenza. Non le era sfuggito l'attento esame che le aveva rivolto sul Cessna, anche se aveva finto di non notarlo. Dall'accento aveva capito che era americano del sud, e dalle domande aveva intuito che non vi erano troppe turiste single che frequentavano l'atollo.

Altrimenti non giustificava tutto quell'interesse nei suoi confronti.

Valutò l'ipotesi di aspettare ancora per lungo tempo un'auto che la portasse in città, sotto quel sole cocente e il vento che le asciugava la pelle senza protezione, poi decise che poteva anche fidarsi. Del resto, Gallway non era proprio uno sconosciuto, l'aveva trasportata lì dalle Hawaii.

"Anch'io sono alloggiata a Main Camp. La ringrazio, è molto gentile. Accetto la sua offerta".

Girò attorno alla jeep, caricò il trolley e la valigetta del laptop nello spazio fra i sedili posteriori poi, con una certa fatica a causa dalla gonna stretta, salì sul sedile e si allacciò la cintura.

Emise un lungo sospiro, sistemando dietro le orecchie le ciocche di capelli che le erano ricadute sul viso.

Gallway non smetteva di fissarla con una certa aria divertita.

Per non dargli l'idea di essere a disagio estrasse la reflex dalla borsa dell'attrezzatura e iniziò a trafficarvi con qualche scatto di prova.

Il pilota inserì la marcia e avviò la jeep sulla strada asfaltata in direzione di Banana, il villaggio più vicino.

Lisa si concentrò sul paesaggio che scorreva a fianco della strada. Si aspettava una vegetazione rigogliosa, invece la superficie dell'atollo era punteggiata da basse piante cespugliose di heliotropium in piena fioritura, oltre le quali nuvole bianche galleggiavano nell'aria sopra le pianure di fango e le saline, in costante evaporazione a causa del vento caldo.

Le informazioni che aveva raccolto dal database del Dipartimento dell'Ambiente indicavano che quella era la zona più frequentata dagli uccelli migratori, ed essendo largamente esposta alle intemperie avrebbe subìto l'impatto del tifone molto più della parte lagunare vicino alla baia.

"È possibile visitare la zona delle saline?"

Mark le rispose senza distogliere lo sguardo dalla strada.

"Sì. Ci sono guide esperte che accompagnano i turisti. È una zona vasta e fangosa, si rischia di restare impantani se non si conosce bene la strada".

"Contavo di fotografare i nidi di cicogna e di

Fetonte Codarossa[2], ma mi serve una guida esperta, un ornitologo, qualcuno che non mi faccia perdere tempo con i panorami..."
Il pilota annuì.
"Le manderò qualcuno in albergo che la accontenterà, al giusto prezzo s'intende. Ma per visitare tutto il parco le converrebbe fermarsi negli accampamenti indigeni durante la notte, oppure nelle stazioni dei rangers. La ospiteranno volentieri. Raramente hanno occasione di passare qualche ora con donne bianche occidentali, a parte le missionarie di Saint Stanislaus. Ma quelle non sono molto, come dire... di compagnia".
Lisa lo guardò incerta. La stava di nuovo squadrando con un'occhiata esperta e un sorriso ambiguo che la fece sentire a disagio nell'abito di seta bianca, forse un po' troppo scollato. Con finta noncuranza si allacciò il secondo bottone di madreperla sul seno. Si fece un appunto su chi evitare durante la visita al parco naturale: i piloti di Cessna e i rangers in generale.

Quel viaggio non era una vacanza senza limitazioni: doveva portare a termine il reportage fotografico e raccogliere più informazioni possibili sul monitoraggio della fauna.

La rivista scientifica su cui sarebbe stato pubblicato il suo reportage le avrebbe portato ulteriore fama, e avrebbe potuto accedere finalmente al livello di esperta ambientalista, aprendole le porte a università e accademie scientifiche.

Arrivarono al piccolo villaggio turistico di Main Camp dopo una mezz'ora di strada.

Lisa ringraziò gentilmente Gallway che le scaricò il trolley.

---

2 Fetonte codarossa:
è un uccello della famiglia *Phaethontidae*, diffuso tra le aree tropicali degli oceani Indiano e Pacifico.

Turisti irritati da quel fuori programma, accanto alle loro valigie, si erano accalcati sulla strada in attesa delle navette bus che li avrebbero portati all'aeroporto Cassidy per il trasferimento a Honolulu. Quasi tutti uomini, abbigliati da pescatori o bird-watchers, la guardarono con una certa disapprovazione, mentre lei trascinava il trolley verso la hall del Captain Cook Hotel.

Il resort era una costruzione bassa e lunga dal tetto di tegole rosse, con un ampio porticato davanti all'ingresso. Sulla destra si stendeva il resto degli alloggi, suddivisi come tante piccole casette affiancate, dietro al filare di palme da cocco.

La hall l'accolse con un'improvvisa frescura, generata da due ventilatori appesi al soffitto, e una gradevole penombra che apprezzò con gratitudine dopo il sole abbagliante all'esterno.

Una ragazza alla reception sollevò il viso abbronzato dalla scheda che stava compilando, e attese che lei si presentasse.

"Sono Lisa Spencer" le mostrò il passaporto e un documento di prenotazione dell'agenzia. "Ho riservato una camera per una settimana".

La ragazza le rivolse un'occhiata tiepida.

"Mi spiace, siamo chiusi. L'agenzia non l'ha avvisata del tifone?"

Lisa sbuffò con una certa impazienza.

"Sono stata avvisata, sì".

"La navetta arriva tra qualche minuto, se vuole attendere fuori..."

"Non prendo la navetta, grazie e non lascio l'atollo. Sono qui per lavoro e intendo restare anche con il tifone".

La ragazza la scrutò con una certa perplessità. Gli occhi nocciola da nativa del posto parevano riflettere una sorta di inedia cerebrale.

"Abbiamo ricevuto l'ordine dal Comando dei rangers di allontanare tutti i non residenti. Non abbiamo strutture di rifugio sufficienti per ospitare i turisti durante il tifone... e non vogliamo responsabilità".

"Non avrà alcuna responsabilità, glielo assicuro. Lavoro per il Dipartimento dell'Ambiente australiano, non sono qui in viaggio di piacere" le mostrò il proprio tesserino governativo della Australian Biological Resources Study.

La ragazza lo osservò sospettosamente, tenendolo tra due dita dalle lunghe unghie finte laccate di rosso con lo stesso interesse che avrebbe riservato a una specie rara di scarafaggio, poi glielo rese.

Lisa sospettò che non sapesse leggere bene l'inglese, ma che si limitasse a parlarlo per interagire con i turisti.

"Se vuole restare deve prima avere l'autorizzazione dei rangers. Il Comando è a London. Se le firmano un permesso per rimanere, la sua stanza è disponibile".

"Posso lasciare qui il mio bagaglio?"

La ragazza sospirò con un cenno indolente del capo, indicandole una stanzetta accanto alla reception.

"Può mettere tutto là dentro".

"Grazie".

Lisa ripose il trolley, il laptop e la borsa delle apparecchiature fotografiche.

Poi corse fuori, sperando di trovare ancora la jeep di Mark Gallway.

Il pilota stava finendo di caricare alcuni bagagli, stipati insieme a quattro passeggeri tedeschi in shorts e infradito che si lamentavano nella loro lingua gutturale e incomprensibile.

Lo raggiunge immediatamente. L'uomo si rivolse a lei con un sorriso.

"L'hanno cacciata fuori dall'hotel?"

"Non ancora. Devo andare al Comando a

London. La proprietaria vuole un pezzo di carta firmato dai rangers con l'autorizzazione a restare sull'atollo. Mi può accompagnare?"

Gallway calcolò lo spazio sulla jeep, già piuttosto ridotto al minimo dalla mole dei quattro tedeschi, seduti sulle loro valige.

"Sì, certo. Se è disposta a sedersi sulle mie ginocchia per il tratto di strada fino a London" le indicò la jeep sovraccarica con un certo divertimento ammiccante sulle labbra.

Lisa lo fissò sconcertata. Poi si risolse per un compromesso.

"Sulle sue ginocchia no, perché deve guidare. Ma se il tedesco lì è disposto a prendermi in braccio, accetto" accennò al gigante in camicia hawaiana e cappello da pescatore, seduto al posto del navigatore.

Mark rise apertamente alla proposta della donna, e si rivolse in tedesco al turista spiegandogli la situazione. L'uomo allargò verso Lisa le braccia pallide coperte da ustioni da sole, annuendo vigorosamente nella sua lingua, con un sorriso entusiasta e veloci *ja, ja!*

Lisa si accomodò sulle ginocchia del tedesco con una certa apprensione, lasciando penzolare le gambe e i piedi inguainati nei vertiginosi saldali di pelle bianca oltre il bordo esterno della jeep. L'uomo le cinse la vita per evitare che venisse sbalzata fuori da un movimento brusco sulla strada accidentata. Un effluvio di colonia mista a sudore rancido, crema solare e pomata per le ustioni le tolse il fiato, obbligandola a serrare le narici e respirare con la bocca semichiusa.

Le mani enormi del tedesco posavano tranquillamente sulla sua coscia sinistra e sul fianco. Le sentiva appiccicarsi come ventose di una piovra sopra la seta dell'abito, in un abbraccio umidiccio.

Immediatamente partì una serie di battute lascive tra i quattro turisti, che Lisa non comprese perché erano in tedesco, ma ne capiva il senso. Diventando rossa come un gambero si augurò che ne fosse valsa la pena.

Al posto di guida, Mark Gallway non si era più tolto il sorrisetto divertito dalle labbra, rispondendo a tratti alle battute dei tedeschi, i quali scoppiavano in fragorose risate battendosi le mani sulle ginocchia spelate dalle scottature.

London era a un paio di chilometri, perciò l'imbarazzante passaggio terminò davanti all'ufficio del Comando dei rangers.

Mentre Gallway frenava con uno scossone davanti al portico di legno, dall'ufficio uscì una donna alta, il corpo formoso strizzato nella divisa mimetica, occhiali da aviatore calati sul viso abbronzato, una chioma eccezionale di capelli corvini trattenuti a stento da un pettine d'osso, l'arma d'ordinanza agganciata al fianco sinistro. Il distintivo le luccicava sul taschino all'altezza del seno destro. Si fermò appena prima del limite creato dall'ombra del portico, evitando i raggi diretti del sole. Le mani sui fianchi denotarono una certa irritazione, nel vedere quell'aggregazione di turisti ammucchiati sulla jeep, e la donna in bianco e capelli dorati che ne saltò fuori dirigendosi verso di lei, come una strana Venere scompigliata che emergeva da una palude melmosa di grassi rospi verdi.

"Mi hanno detto di rivolgermi a questo ufficio. Sono Lisa Spencer, della Australian Biological Resources Study e ..."

"So chi è lei. Ho appena ricevuto una telefonata dal Captain Cook Hotel". L'ufficiale alzò il viso, portando l'attenzione alle sue spalle. "Mark!"

Il pilota scese agilmente dalla Jeep avvicinandosi

alle due donne. Tolse gli occhiali da sole per educazione, anche se non ottenne la stessa cortesia dall'ufficiale.

"Lara, sei uno splendore oggi".

"Fai poco lo spiritoso, Gallway. Oggi non è giornata. Ho perso il contatto con Benson Point stamattina presto, e non ho uomini da mandare là a vedere cos'è successo".

"Ho sorvolato la stazione un'ora fa, sembrava tutto a posto. Non ho visto il fuoribordo all'attracco del pontile, forse MacLanart è fuori in ricognizione" Mark si era tolto il sorriso dalla faccia, ma manteneva un tono rassicurante. "Deve avere problemi con la radio. Parto tra tre quarti d'ora e ripasso sopra la stazione a volo radente. Se vedo qualcosa di strano ti avviso, va bene?"

L'ufficiale annuì, ma l'aria preoccupata non sparì dal viso.

"Mi scusi" Lisa richiamò la sua attenzione. L'ufficiale la guardò come se fosse appena apparsa dal nulla. "Mi serve la sua autorizzazione per restare sull'atollo, altrimenti non mi assegnano la camera all'hotel".

"Eseguono un mio ordine. Che ci sto a fare qui, secondo lei?"

"Il suo lavoro immagino." rispose immediatamente Lisa. "Come io sono qui a fare il mio." Le mostrò il tesserino governativo. "Se vuole può chiamare il centralino del Dipartimento per avere conferma".

Lara afferrò il tesserino, quasi strappandoglielo dalle dita, con uno sguardo di sufficienza. Lo puntò a mo' di minaccia verso Gallway.

"Porta via quei tedeschi. Entro le sei di stasera non deve più esserci un turista sull'atollo".

Mark le rispose portando due dita alla fronte, in uno scherzoso saluto militare.

"Agli ordini Comandante".

La donna si volse verso Lisa un solo istante, tornando verso l'ufficio.

"Lei, signorina Spencer. Venga con me".

Lisa seguì l'ufficiale, lanciando uno sguardo altero a Mark Gallway, come per dimostrargli che l'avrebbe avuta vinta.

Il pilota le rispose con un largo sorriso sulla faccia allegra da texano, tornando al suo gruppetto di pescatori tedeschi che non avevano smesso un secondo di parlottare tra loro a voce alta.

Lisa sentì il rumore della Jeep che si allontanava. Partito Gallway non ci sarebbe stato altro mezzo per ricondurla all'aeroporto Cassidy.

L'ufficio del Comando l'accolse con una frescura profumata dai fiori di scaevola. C'erano due poltrone di vimini, ma non si sedette. Mappe geografiche e nautiche dell'atollo erano fissate alle pareti, intervallate da foto di gruppi di persone con lunghe canne da pesca e marlin appesi agli ami. Decreti amministrativi e leggi sulla protezione del parco naturale riempivano una bacheca di vetro utilizzata per gli esposti giornalieri.

Lara girò attorno alla scrivania e compose un numero di telefono su un'apparecchiatura che era simile a un telefono satellitare. Parlò con alcune persone, se ne fece passare altre, poi restò ad ascoltare una risposta piuttosto lunga. Intanto studiava la figura di Lisa, che camminava in cerchio nell'ufficio, guardandosi attorno.

Quando chiuse la telefonata si appoggiò con entrambe le mani sul piano della scrivania. Un'aria tempestosa le deformava il bel viso ancora nascosto dagli occhiali.

"Lei deve avere amici nelle alte sfere".

Lisa si volse a guardarla con un'espressione tra lo stupito e il soddisfatto.

L'ufficiale la squadrò al di sopra delle lenti, calando di poco gli occhiali.

"Non faccia quell'espressione di vittoria. Non le piacerà essere qui tra ventiquattr'ore, glielo assicuro. Adesso lei mi firmerà una manleva. Qualunque cosa le accadrà mi solleva da ogni responsabilità nei suoi confronti. Dopodiché è libera di impantanarsi nella salina, o di annegare nella laguna. In una parte *qualsiasi* della laguna".

Estrasse da un cassetto un modulo prestampato che le volse nella sua direzione, sbattendole sopra una penna a sfera.

Lisa firmò velocemente, compilando gli spazi che riguardavano i suoi dati personali, e glielo tese con un sorrisetto.

"Sono certa che le sue preoccupazioni sono esagerate. Ho vissuto nell'Outback per quasi vent'anni, so cavarmela con alluvioni e siccità".

"Le auguro buona permanenza, allora. Conosce la strada" le indicò l'uscita, senza più rivolgerle lo sguardo.

Lisa si riprese il tesserino governativo, lo infilò nella borsa a tracolla e uscì sotto il sole.

London si muoveva di attività frenetica lungo la strada e tra i bungalows. Indigeni dalla pelle dorata stavano bloccando le imposte e assicurando le tavole dei soffitti. Altri ritiravano gazebo e sedie dalle esposizioni esterne dei negozi e dei bar, scambiandosi battute in gilbertese.

Le aspettava una passeggiata fino a Main Camp con i tacchi alti. Presa da un impulso d'intraprendenza, senza lasciarsi prendere dallo scoramento, s'infilò in un negozio di souvenirs e acquistò un paio d'infradito. Avrebbe approfittato della passeggiata per rimirare i banani e il sottobosco sabbioso punteggiato da meravigliose portulacche. La cosa più importante era già riuscita a ottenerla, ossia di restare sull'atollo e vedere con i propri occhi la furia devastatrice del tifone, oltre ai danni che avrebbe provocato alla vegetazione e alla fauna. Ne sarebbe uscito un articolo spettacolare con le sue foto impresse a colori sulla carta patinata della rivista scientifica.

* * *

La ragazza della reception al Capitan Cook Hotel, che scoprì si chiamava Tituba, la guardò malissimo.

L'ufficiale al Comando doveva averle telefonato per avvisare che l'australiana sarebbe rimasta sull'atollo.

Registrò il suo passaporto, mantenendo un'espressione corrucciata e un silenzio coatto, tanto che Lisa dovette strapparle le poche informazioni quasi con la forza.

"A che ora si pranza?"

"Non abbiamo il cuoco, oggi".

"E domani?"

"Nemmeno".

Lisa cercò di tenere un tono cortese, ma quella donna iniziava a indisporla. Era lì per fare il suo lavoro o per litigare con i clienti?

"Per la colazione come mi devo regolare?"

"Si regoli come vuole".

"Cioè?"

"Cioè cosa?"

"Fino a che ora rimane aperta la sala colazione?"

Tituba la scrutò come se fosse stata un'aliena. Negli occhi era tornata la nebbia cerebrale di poco prima.

"Non ha sentito? Non abbiamo il cuoco. Niente servizio cucina, colazione, ristorante, bar".

"Eppure sul vostro sito internet c'è segnato il servizio ristorante..." un pensiero la folgorò sull'istante. "Non sarà per via del tifone?"

La ragazza posò la penna a sfera e applaudì platealmente.

"Brava!"

Lisa prese un profondo respiro, contando fino a dieci. Poi ritirò il passaporto dalle mani della ragazza.

"Almeno in camera c'è la biancheria, o devo andare a comprare anche quella?"

"La stanza è preparata da ieri. Ma non assicuriamo il servizio per i prossimi tre giorni. Perciò non getti a terra le salviette, perché non verranno a cambiarle".

Lisa firmò il registro d'ingresso all'hotel, afferrò la chiave che la ragazza le porgeva e recuperò la sua attrezzatura nel ripostiglio dei bagagli.

Doveva trovare almeno un bar aperto dove fare scorta di cibo per quei tre giorni, se la situazione era tale da impedire al ristorante di funzionare.

Attraversò il viottolo di pietra locale, rendendosi conto con una certa tristezza di essere proprio l'unica estranea rimasta nel resort. Tutto era stato chiuso, gli sdrai di legno a bordo piscina erano stati ritirati nei depositi e un paio di inservienti stavano sistemando la copertura di plastica della piscina.

La stanza era la sesta di una fila orizzontale di alloggi, dalle porte colorate di sgargianti azzurri e arancioni, all'ombra del palmeto.

Era un ambiente piccolo, dalle pareti imbiancate di azzurro, arredato con mobili di vimini, lo stretto sufficiente per un breve soggiorno. Un letto matrimoniale contro la parete di fondo coperto da un vivace copriletto a fiori hawaiano, due poltroncine con i cuscini in tinta, un basso comò che fungeva anche da tavolo per la corrispondenza, un armadio a due ante. Il bagno era essenziale ed economico: water, doccia, lavabo. Almeno aveva la finestra.

Si affrettò ad aprire le imposte per avere un po' di luce.

L'alloggio era in muratura, una struttura piuttosto solida, che avrebbe sopportato tranquillamente il tifone.

Per prima cosa tolse di dosso il completo bianco, che nel tragitto di ritorno dal Comando si era inzuppato di sudore e polvere, e accese l'aria condizionata, apprezzando l'immediata frescura sulla pelle accaldata. Rischiava di prendersi un raffreddore, ma in quel momento non le importava. Aveva i piedi gonfi dal caldo e dalla notte insonne. Scoprì anche una macchia bruna all'altezza del fondoschiena, lasciato da qualcosa di vischioso. Portando la gonna accanto al naso riconobbe l'odore di pomata per le scottature del turista tedesco.

Bene, aveva rovinato un completo da mille dollari di seta indiana.

Una doccia come si doveva, un paio di telefonate all'ufficio e, prima che gli ultimi negozi chiudessero, l'acquisto immediato di cibo, bevande, e qualcosa di comodo e di scuro da indossare nella salina il giorno dopo. Sperando che Gallway mantenesse la promessa di trovarle una guida.

Lasciò il trolley sul letto, rimandando a più tardi la sistemazione dei pochi abiti che si era portata appresso. Estrasse il laptop dalla valigetta, avviò il programma e la connessione a internet.

Mentre attendeva di prendere la linea cercò nel trolley la biancheria di ricambio, una camicia avorio, un paio di shorts verde mela e le scarpe da tennis.

Poi tornò alla tastiera e scaricò la posta elettronica. Doveva mandare subito una mail al Dipartimento per avvisare che aveva preso la camera e iniziava il reportage, altrimenti le avrebbero scalato la giornata lavorativa dalla busta paga. Aveva perso fin troppo tempo con la burocrazia locale.

Fortunatamente con il carattere determinato che si ritrovava, riusciva sempre a ottenere quello che voleva.

Partito il messaggio, aprì l'acqua della doccia.

Aspettò qualche secondo, ma scese solo acqua tiepida, quasi fredda, che dopo il caldo preso per la strada le procurò un brivido di fastidio. La direzione prendeva molto sul serio l'arrivo del tifone. Dopo averle negato la fornitura di cibo, ora le toglieva anche l'acqua calda.

Pazienza. Era una bella giornata, avrebbe indossato il costume e ne avrebbe approfittato per fare un bagno nella laguna e scattare qualche foto.

Dal trolley spalancato sul letto, in mezzo ai panni che ormai erano mescolati alla rinfusa, trovò il suo bikini bianco, la protezione solare e il salviettone.

Indossò velocemente il costume e il prendisole, infilò poche cose essenziali nella borsa a tracolla, tra cui i documenti e le carte di credito, afferrò la reflex e si avviò in paese.

***

Il sole del mezzogiorno la colpiva sulla testa con la forza di una fornace, nonostante facesse il possibile per camminare nelle zone d'ombra delle palme.

L'allarme tifone aveva senz'altro preoccupato la piccola comunità di London, ma lì nel quartiere turistico di Main Camp sembrava ci fosse tutto il tempo del mondo prima della catastrofe annunciata dal bollettino meteo. I negozianti di souvenirs avevano rappezzato alla bene e meglio i bungalows, ma senza tanto agitarsi. Alcuni di loro stavano pasteggiando a frutta seduti all'ombra delle verande. Bambini dagli abiti sgargianti si rincorrevano tra la polvere dei piccoli cortili, insieme con alcuni gatti. Donne dal volto pacifico e lo sguardo soddisfatto si sventagliavano sdraiate sulle amache.

Il *Trade-wind* aveva smesso di muovere l'aria

che stava diventando di ora in ora sempre più soffocante.

Mentre attraversava il villaggio alla ricerca di un emporio di alimentari si chiedeva come la popolazione riuscisse a vivere quando non era periodo turistico. L'atollo contava una comunità di poco più di cinquemila abitanti, di cui solo a London ne abitavano circa milleottocento. La pesca era senz'altro una buona fonte di sostentamento, insieme alla poca frutta che si poteva coltivare in quel territorio arido e secco. Per il resto, gli indigeni si arrabattavano a guadagnare qualche dollaro con la vendita dei souvenirs importati dalle Hawaii, o dalla lavorazione del corallo. Alcuni si erano inventati accompagnatori per escursioni subacquee lungo la barriera corallina, altri per la pesca d'altura, sfruttando i pescherecci che di giorno restavano fermi nei porticcioli.

Scorse finalmente l'insegna di quello che sembrava un incrocio tra un negozio di alimentari e una ferramenta. La veranda era stata sgombrata dagli articoli in vendita, ma la porta aperta indicava che l'esercizio funzionava ancora. Entrando, si rese conto che all'interno faceva quasi più caldo che fuori, nonostante la penombra.

Tra le cianfrusaglie appese alle pareti, Lisa scorse ogni sorta di attrezzatura per la pesca, dalle canne agli arpioni, alle tute da immersione, e su alcuni scaffali trovò cibo in scatola di generi vari. Tonno sott'olio, carne in gelatina, frutta sciroppata, minestre pronte. Scatole di gallette e pane in cassetta, forse per i pic-nic dei turisti. Biscotti e brioche confezionati.

Controllò la data di scadenza di ogni prodotto, prima di riempirsi le braccia di quello che avrebbe potuto servirle per tre giorni, poi si avviò alla cassa, ossia andò incontro a una donna seduta su una poltrona di vimini che si faceva aria con un ventaglio di palma. La cassa era a tutti gli effetti una cassetta di legno, dove la donna teneva i soldi.

Non le sembrò tanto legale, ma si guardò bene dal chiedere lo scontrino. Le interessava solo riempire una borsa di cibo e andare alla spiaggia. La donna indigena accettò i soldi con un largo sorriso, facendoli sparire con un gesto da prestigiatore in una qualche parte del prendisole a fiori. L'accompagnò virtualmente alla porta con molti saluti e benedizioni in gilbertese, alle quali Lisa rispose con altrettanti sorrisi.

Con una borsa di cibo in una mano, lasciò la strada principale e tagliò attraverso il palmeto in direzione della spiaggia.

Trovò un angolo tranquillo appena fuori dal paese, la sabbia corallina piuttosto pulita. La zona era deserta, ma si capiva che faceva parte del resort e tenuta in ordine per i turisti, quelli che erano stati rispediti a casa.

Lasciò le sue borse ai piedi di una palma, stese il telo sulla sabbia fresca e abbandonò in un mucchietto il prendisole e le scarpe da tennis.

L'acqua della laguna era di un blu accecante, talmente limpido e trasparente che il fondale sembrava dipinto e i pesci quelli di un acquario. Si tuffò senza aspettare altro, muovendosi a larghe bracciate verso l'acqua profonda, ferma come quella di una vasca da bagno. Non era l'orario adatto per nuotare, ma se pranzava subito poi non avrebbe potuto entrare in acqua per tre ore, e non sopportava più di sentirsi addosso l'odore della colonia e quel sottofondo rancido del turista tedesco, che le si erano impregnati addosso e nei capelli. L'acqua salmastra della laguna avrebbe fatto le veci del sapone. Trattenendo il fiato s'immerse per raccogliere una conchiglia, poi nuotò a pelo d'acqua fino alla riva.

Risalì la battigia lentamente, strizzando nelle

mani le ciocche dei capelli. Solo in quel momento si accorse di una sagoma appoggiata alla palma accanto alla sua roba.

Un uomo, un bianco, o comunque non un indigeno, sulla cinquantina. Il volto rugoso e scuro come il cuoio. Doveva avere sangue irlandese o tedesco per via dei pochi capelli che un tempo dovevano essere stati rossi, e che ora erano raccolti in un corto codino di un rosa sbiadito tendente al bianco. Una bandana rossa gli girava attorno alla fronte. Masticava un sigaro e la fissava strizzando gli occhi chiari, come se la luce lo infastidisse. Era grosso come un armadio, con mani simili a badili. Indossava un completo mimetico da cacciatore, con un gilet pieno di tasche e taschini sopra una canotta nera. I pantaloni erano sbiaditi dall'uso e consunti sugli orli. Al collo portava un legaccio di cuoio con alcuni ciondoli indigeni, forse amuleti o portafortuna.

"Miss Spencer?"

"Sono io" gli si avvicinò, ma non troppo. Raccolse il telo dalla sabbia, avvolgendoselo attorno al corpo per asciugarsi, ma anche per distogliere l'attenzione dell'uomo dal suo bikini bianco. In pochi minuti le aveva eseguito una radiografia completa.

"Ed Fischer. Mi hanno detto che cerca una guida".

Lisa fissò per qualche istante gli occhi celesti di Fischer, poi annuì.

"È vero. Cerco una guida" si congratulò con Mark Gallway per la velocità con cui aveva assolto alla sua promessa. Ma non erano partiti tutti, gli stranieri? "Pensavo che ormai sull'isola non vi fossero più turisti. Non hanno cacciato via anche lei?"

"Ho una barca ancorata al porto. Partirò domani pomeriggio, appena prima che arrivi il tifone. C'è tutto il tempo per farle fare un giro dell'atollo. Dove vuole andare di preciso?"

"Non importa il luogo. Deve esserci molta fauna, soprattutto quella rara e in via d'estinzione. Per il prezzo non si deve preoccupare, pagherò tutto il tempo che mi può dedicare".

"Per attraversare l'atollo e le saline ci vorrà una giornata di viaggio, ma se deve fermarsi a scattare le foto impiegherà un sacco di tempo in più. Io le consiglio di partire oggi pomeriggio e rientrare domani. Stanotte ci fermeremo a Poland".

"È sicuro che ci ospiteranno? Senza prenotazione?"

Fischer sorrise, o almeno quella smorfia che gli apparve sulle labbra la interpretò come tale.

"Non ci sono turisti sull'isola. Gli unici stranieri siamo io e lei. Non abbiamo bisogno di prenotazione".

Lisa annuì, poi uno strano brivido le attraversò la pelle. Forse l'improvvisa ombra della palma, data dal sole che lentamente si spostava verso ovest. Forse un istinto primordiale di pericolo.

Erano state quelle due parole, gli *unici stranieri*, a farle scattare in una parte del cervello una piccola lampadina. Si diede della stupida da sola. Fischer dava l'idea di sapere il fatto suo, e gli indigeni erano un popolo pacifico e ospitale. Oltretutto aveva visto sul dettaglio del dossier relativo all'atollo che Poland aveva anche una piccola comunità religiosa. Se avesse avuto bisogno, poteva rivolgersi alla missione.

"Devo preparare la mia attrezzatura fotografica e una borsa per la notte. Mi ci vorrà circa un'ora. Può passare a prendermi al Capitan Cook".

"Duecento subito e cento al ritorno a Main Camp" sbottò Fischer, senza tante cerimonie. "In dollari americani. E la spesa per il resort di stanotte è a carico suo".

Lisa si morse il labbro inferiore, ma se lo aspettava.

"Devo passare alla banca per scambiarli, oppure farmeli scambiare alla reception del Capitan Cook. Ho con me solo dollari australiani".

"Faccia come crede. Prendere o lasciare".

Lisa accettò con un cenno del capo. Non aveva alternative, se non voleva perdere tre giorni di lavoro chiusa nel resort, in attesa del ritorno delle guide turistiche.

L'uomo si staccò dalla palma, dirigendosi verso la fila dei bungalows di souvenirs. Scomparve subito dopo dietro una siepe di Heliotropium.

Lisa abbandonò sulla sabbia il telo e infilò velocemente il prendisole, poi raccolse le sue borse. Doveva affrettarsi. Era stata fortunata a trovare qualcuno disposto a concederle così tanto tempo, in vista del tifone. Avrebbe potuto svolgere un intero reportage della fauna *prima e dopo* la tempesta, un capolavoro giornalistico.

Cacciatore e preda

Fischer gettò il mezzo sigaro tra la polvere, schiacciandolo con il tacco dell'anfibio, gli occhi color vetro puntati sull'esemplare di Fetonte. L'uccello non aveva percepito la sua presenza, distratto dallo stridere di alcuni compagni che volteggiavano sopra l'acqua. Era appollaiato sul ramo secco di un helitropium, spogliato dalle foglie e aggrappato in un ultimo sforzo al bordo della falesia, in compagnia di piccole Procelsterne cerulee, di minor valore. Il nido doveva essere più sotto, scavato in un buco a metà della bassa scogliera di arenaria che precipitava nella laguna.

Fischer si era preparato in ogni dettaglio, era quasi impossibile distinguerlo tra gli arbusti che ricoprivano il terreno. Si era avvicinato fino a una quindicina di metri, strisciando silenziosamente come un serpente. Con un movimento lento imbracciò la carabina Remington Seven CDL caricata a cartucce da 7mm, inquadrando cautamente il bersaglio nel cannocchiale. Aveva un solo colpo a disposizione ed era già piuttosto rischioso. Un secondo sparo gli avrebbe attirato addosso i rangers della zona.

La luce solare era la migliore a quell'ora, tra il pomeriggio e il tramonto, quando l'occhio umano riusciva a distinguere perfettamente le cose, mentre l'occhio animale era ancora abbagliato dai riflessi verdastri sull'acqua. Il Fetonte Codarossa aveva un piumaggio straordinario per la sua specie, una tonalità di bianco candido che al tramonto sembrava deviare sul rosa, una linea di nero crescente intorno agli occhi, becco di un rosso intenso, piedi neri, e la particolarità che lo rendeva così speciale: una sottile e lunga coda rossa di piume che gli aveva dato la classificazione della specie.

Fischer non attese oltre. La luce era perfetta e il Fetonte immobile fissava la laguna in attesa forse del ritorno della compagna.

Il colpo della carabina uscì con un eco e centrò il bersaglio.

L'uccello stramazzò al suolo senza fare rumore, spaventando le altre Procelsterne, che si alzarono in volo stridendo in gridi di allarme.

Fischer si alzò dai cespugli togliendosi di dosso gli arbusti che si erano impigliati nel gilet, rimise in spalla la carabina e la sacca da caccia, e si affrettò verso la preda.

Raccolse il Fetonte con soddisfazione. Il corpo era stato squarciato dai pallini, ma la coda rossa, la parte più importante del piumaggio, era intatta.

Uno sparo lo immobilizzò. Sentì il fischio del proiettile sopra la testa, e un brivido gli corse giù per la schiena. Si volse di scatto, guardandosi attorno spaventato. Nel sottobosco degli helitropium era impossibile capire se vi fossero persone nascoste, con la luce del tramonto che allungava le ombre.

"Hey là! C'è qualcuno?"

Un altro sparo echeggiò sopra la falesia. Il proiettile gli passò a sinistra piantandosi nel terreno. Fischer scattò a destra, inciampò in un groviglio di arbusti e finì a terra. Si risollevò terrorizzato e iniziò a correre verso la jeep, ansimando come un mantice. Il terreno irregolare e la vegetazione inaridita dalla calura estiva gli rallentavano la fuga. Gettò via la sacca, rinunciando alle altre tre prede che aveva catturato, per alleggerirsi. La jeep apparve da dietro la bassa vegetazione, sulla strada sterrata dove l'aveva lasciata. Vi saltò dentro, ingranò la marcia e accelerò in una nuvola di polvere per allontanarsi il più in fretta possibile verso London.

* * *

Sulla sponda opposta della laguna, Marin MacLanart imbracciò il Remington con un sorriso cinico: ecco uno che avrebbe volentieri dato il suo braccio destro per un paio d'ali.

Seguì il sentiero battuto dai gatti selvatici lungo la falesia che si incurvava a mezzaluna per aggirare la piccola laguna, e raggiunse il tronco secco del heliotropium. Il sorriso cinico si spense quando raccolse da terra il corpo del Fetonte che colava sangue sul piumaggio bianco.

Era impossibile riuscire a fermare i cacciatori di frodo come Ed Fischer, che approfittavano della poca sorveglianza nell'intricata sequenza di piccole lagune intervallate dalla terraferma per cacciare gli animali protetti come il Fetonte Codarossa, ricercato dagli artigiani manifatturieri dell'atollo per la sua coda spettacolare che veniva usata come souvenir da vendere ai turisti.

Era impossibile a causa della conformazione stessa dell'atollo, un insieme di centinaia di piccoli specchi d'acqua salata non collegati sempre tra loro, e della scarsità di mezzi della Marine Park Authority a Kiritimati.

Ora però, con lo spavento che si era preso, Fischer si sarebbe tenuto alla larga dalla laguna, e c'era da sperare che l'arrivo del tifone lo avrebbe anche allontanato dall'atollo per almeno un mesetto.

Aveva provato sulla propria pelle a sentirsi per una volta preda invece che cacciatore. La sensazione spaventosa di trovarsi nel mirino di qualcuno a propria insaputa lo avrebbe scoraggiato dal continuare la caccia di frodo alla fauna protetta.

Marin alzò gli occhi verso l'orizzonte rosso, frastagliato da nubi che si aprivano a raggiera sopra la laguna. L'aria bollente del pomeriggio creava miraggi mobili sul terreno arido verso ovest, dove il sole stava calando in un'apoteosi di colori sgargianti. A est si stavano ammucchiando nuvole di piombo che si abbassavano in una cappa soffocante sopra l'atollo.

Una striscia bianca di gas di scarico tracciava la linea di fuga dell'ultimo volo dell'Air Pacific in rotta per Honolulu. Per tre giorni almeno nessun aereo avrebbe attraversato il cielo sopra l'atollo.

Non vedeva l'ora di rientrare per togliersi di dosso la divisa, impregnata di sudore e polvere, dopo il lungo tragitto che dall'alba aveva percorso tra i piccoli insediamenti indigeni e le coltivazioni di cocco per avvisare gli abitanti del tifone.

Aveva ancora l'antenna guasta da riparare e un lungo rapporto da scrivere per il Comando.

* * *

Lisa sentì il rumore della jeep che si allontanava troppo tardi per rendersi conto di ciò che stava accadendo. Aveva udito gli spari, le grida di Fischer, ed era accorsa verso il bordo della falesia per andare in suo aiuto, circa un kilometro tra arbusti e heliotropium che le intralciavano il passaggio, ma arrivata là non aveva visto nessuno. Allora era tornata verso la jeep, pregando di non trovare un cadavere.

Quando arrivò sulla pista la sua paura divenne delusione e sconforto.

Una nuvola di polvere gialla era tutto quello che rimaneva nell'aria. Fischer, spaventato a morte da chissà cosa, se l'era data a gambe mollandola quasi al centro della laguna, senza cartina o una bussola, portandosi via la sua borsa con i soldi, le carte di credito, il passaporto, e la metà delle apparecchiature fotografiche che aveva lasciato sul sedile posteriore.

Disorientata, si sedette su un sasso a meditare.

Non era tipo da perdersi d'animo o da farsi prendere da attacchi di panico. Non era la prima volta che le capitava di perdersi in una zona sconosciuta, ma la defezione di Fischer l'aveva irritata considerevolmente. Si era fidata di lui, e la cosa che più la infastidiva era aver perso la sua borsa con l'attrezzatura fotografica, oltre al portafoglio con i soldi e i documenti.

Confidava che almeno arrivato a London, Fischer avesse il buon gusto di portare la sua roba all'hotel e di avvisare il Comando che lei era dispersa nella laguna a causa sua. Ma vi contava poco.

Qualunque cosa lo avesse spaventato, lì attorno non vi era nulla che segnasse la presenza di esseri umani oltre a lei. La luce del tramonto si stava spegnendo lentamente, come era normale sulla linea dell'equatore a quell'ora, e nuvole pesanti di pioggia si stavano ammassando sopra la sua testa. Il tifone era previsto per il giorno successivo, ma intanto il cielo si stava preparando per scatenare la sua furia.

Guardò l'orologio, che segnava le 18,45. Si erano fermati nella zona delle piccole lagune per un tempo infinito, a parer suo. Fischer aveva accennato che doveva catturare qualcosa per i suoi amici, e si erano dati appuntamento alla jeep per le 19,00, invitandola a girovagare nei dintorni per fotografare gli animali migratori e la flora tropicale. Secondo quello che le aveva detto serviva ancora un'ora per raggiungere Poland, e potevano giungervi anche in serata. Perciò se proseguiva lungo la pista sterrata in direzione est doveva arrivare per forza da qualche parte in una delle coltivazioni di cocco che costeggiavano la laguna interna. Se s'incamminava subito senza stare a meditare sulle proprie disgrazie sarebbe arrivata prima che fosse stata notte fonda.

Si diede della stupida per non aver portato con sé almeno una bottiglietta d'acqua, sapendo che la laguna era salata e non c'erano sorgenti tra gli stretti sentieri che emergevano tra una pozza e l'altra.

E il suo stomaco brontolò ricordandole che a pranzo aveva ingoiato frettolosamente un pacchetto di gallette e una scatoletta di carne in gelatina, per non fare attendere Fischer che l'aspettava nel parcheggio del resort.

Si asciugò con il fazzoletto per l'ennesima volta il sudore misto a polvere che le colava nell'incavo del seno, infradiciandole la camicia sintetica a fiori celesti. Controllò la chiusura della tracolla dove aveva riposto la reflex preoccupata per la sabbia che avrebbe potuto rovinare la delicata apparecchiatura digitale, e orientandosi con l'ultimo spicchio di sole si volse verso est, cercando di seguire un cammino lineare.

Due ore dopo le pozze della laguna avevano smesso di riflettere la luce, diventando simili a laghi di petrolio. Il sentiero stretto segnato dai gatti selvatici era una lingua di terra sabbiosa che si disperdeva davanti a lei nel buio. La luna non riusciva a bucare le nuvole cariche di pioggia che non si decidevano a scaricarsi.

Il caldo soffocante del giorno era diventato una cappa umida e pesante, che le si appiccicava addosso come un sudario di plastica, mescolandosi al fetore salino che evaporava dalla bassa laguna.

Il vento aveva smesso da ore ormai di sollevare la polvere, tanto da toglierle anche la sola parvenza di sollievo dato dallo spostamento dell'aria.

L'atollo non ospitava animali da preda, ma sapeva che durante la notte i gatti selvatici andavano a caccia di ratti. Non si era sentito di gatti selvatici che avessero attaccato l'uomo, ma non riusciva a rilassarsi al pensiero di essere sola, senza di che difendersi anche solo da un ratto che avesse deciso di cenare con una delle sue caviglie. Gli uccelli migratori avevano calato il loro richiamo in flebili sussurri, cedendo il posto al frinire degli insetti. Il silenzio della laguna la mise a disagio.

Riuscì a raggiungere uno spiazzo erboso sotto le fronde di un helitropium e si lasciò cadere sfinita contro il tronco. Aveva davanti una lunga notte di veglia. Non se la sentiva di addormentarsi in quella situazione.

Prese la reflex dalla custodia, avviando sul display a cristalli liquidi la sequenza di immagini che aveva scattato durante il giorno.

La vista dell'atollo dall'aereo, i bungalows, la spiaggia, gli aridi panorami lungo la pista che da London portava al centro della laguna, fiori e piccole creature.

Rivedendo i suoi scatti si rese conto che poco di quel materiale poteva servire per il reportage. Una giornata persa, oltre che una fotografa dispersa. Doveva uscire da quella situazione prima possibile, attendere il passaggio del tifone in qualche insediamento indigeno e sperare che il ritorno dei turisti portasse anche qualche guida un po' più esperta a cui rivolgersi.

Alla prima occasione, comunque, avrebbe torto il collo a Gallway per averle mandato quell'incapace di Fischer.

Il tifone.

Era previsto per il giorno dopo.

L'entusiasmo dell'escursione nella laguna l'aveva completamente distolta da quel problema. Doveva assolutamente uscire dalla salina prima di venirne travolta.

Le apparve davanti agli occhi il viso furibondo del Comandante dei rangers. Le aveva augurato di perdersi e di annegare nella laguna.

Forse, se l'avesse ascoltata non si sarebbe

cacciata in quel guaio. Ma come poteva immaginare che Fischer fosse inaffidabile? Certo non aveva un aspetto incoraggiante, ma quando mai lei aveva dato importanza alla faccia di una persona?

Il Comandante comunque non l'avrebbe fatta cercare, era questo che la preoccupava di più. Aveva firmato una manleva che sollevava il Comando dei rangers dalla responsabilità nei suoi confronti di turista sventata. Le rimaneva solo da sperare nel suo buon cuore, se mai quella donna ne avesse avuto uno, e nel suo senso civico. I rangers conoscevano l'atollo centimetro per centimetro. Ci fosse voluto anche un giorno intero, l'avrebbero trovata.

Con un lieve lampeggio la reflex si spense. La batteria era scarica e non aveva pile di riserva nella borsa.

L'aspettava una lunga notte a fissare il paesaggio buio e desolato della salina.

Tifone

MacLanart stava chiudendo il suo giro di controllo, quando intravide la sagoma di una persona saltellare su una stretta lingua di terra sabbiosa.

Il primo pensiero fu di avere un'allucinazione causata dal caldo soffocante che precedeva l'arrivo del tifone.

Afferrò il cannocchiale Yukon 100x che portava appeso al collo, alzandolo al livello degli occhi. Regolò il fuoco fino a inquadrare l'obiettivo, mormorando un'imprecazione tra i denti.

La figura era quasi un'ombra evanescente, mobile nel miraggio afoso dei vapori che salivano dall'acqua salmastra.

Ne distinse a malapena il colore degli abiti e qualcosa di giallo all'altezza del capo. Le braccia si agitavano in modo convulso, accompagnate da un richiamo stridulo.

In quella zona della laguna l'acqua non era più profonda di un metro e mezzo, a causa dei banchi di sabbia corallina che la marea depositava e spostava in continuazione, formando acquitrini raggiungibili a volte solo a piedi.

Per monitorarla era necessario l'uso di un airboat, imbarcazione che scivolava sul pelo dell'acqua senza pescaggio, alimentata da una grande elica posta sul retro.

Avvicinò l'airboat al terreno fangoso, evitando di insabbiarlo contro la riva. Nel procedere lento, la figura umana prese le sembianze di una donna giovane. Camicia a fiorellini e calzoni verde marcio macchiate di terriccio. Capelli dorati, ridotti a un groviglio simile a un casco di alghe. La custodia di un apparecchio fotografico a tracolla.

Anche da quella distanza notò il viso arrossato e

scottato dal sole. Le braccia e le mani avevano un colore meno intenso ma pur sempre allarmante.

Erano le dieci del mattino. Come era arrivata in quella zona della salina, da sola, e soprattutto, perché si trovava lì?

Dal Comando gli avevano assicurato che tutti i turisti avevano lasciato l'isola entro le 18.00 del giorno prima.

La sera precedente era riuscito a riparare l'antenna della radio, e le ultime comunicazioni con Lara non avevano accennato a turisti in giro per la laguna.

Il cielo aveva assunto forme da apocalisse, schiacciando sopra l'atollo nubi cariche di tempesta, che si sarebbe scatenata in tutta la sua furia in poche ore.

Ancorò l'airboat ai rami sporgenti di un heliotropium, poi saltò nell'acqua melmosa fino ai polpacci, incurante di inzuppare l'orlo dei calzoni che sporgeva dagli stivali anfibi.

La donna stava percorrendo la stretta striscia di terra più in fretta possibile, inciampando negli arbusti.

"Oddio! Grazie! Grazie di avermi visto!"

Precipitò sulla riva in un goffo gioco di piedi, aggrovigliandosi nei resti di un nido di cicogna.

Gli cadde tra le braccia con uno strillo, rischiando di far precipitare entrambi nel fango.

Si aggrappò a lui come un'edera, afferrò al volo la custodia della reflex, e scivolò all'indietro sulla suola liscia dei mocassini, sbattendo a terra il fondoschiena con un grido irritato.

MacLanart non riuscì a fermare la caduta, tranne sostenerla per le braccia per evitare che finisse lunga e distesa nella laguna.

Dalla massa di capelli aggrovigliati trapassò uno sguardo tra il mortificato e il sollevato. Occhi castani spalancati in un'espressione di costernazione che parevano quelli di una posseduta.

"La manda il Cielo! Dio ha ascoltato le mie preghiere!"

Un tuono lontano, e una folata di vento caldo mosse l'aria compatta e irrespirabile.

"Ma lei cosa ci fa qui?" MacLanart non riuscì a chiederle altro, disorientato dall'agitazione della ragazza, che si divincolava per riuscire a rialzarsi dal fango.

Dovette afferrarla sotto le braccia e sollevarla di peso con un risucchio appiccicoso per toglierla dalla riva.

Lei si lasciò trascinare in piedi e accompagnare sulla piattaforma dell'airboat, dove si sedette su uno dei due sedili.

"Mi sono persa" esordì con un respiro affannoso. "No, non è proprio così! Mi hanno abbandonato nella laguna".

"Abbandonato?" MacLanart tolse dalla cassetta del pronto soccorso una fiaschetta di acqua mescolata a integratori minerali, che portava sempre con sé a causa del caldo. Gliela tese dopo aver svitato il tappo.

La ragazza non chiese nemmeno cosa fosse, ingurgitando immediatamente l'intero contenuto della fiaschetta. Tossì, sputò, e continuò a bere, mentre MacLanart la osservava tra il divertito e l'irritato.

"Sì!" la ragazza lasciò per un attimo la bocca della fiaschetta, asciugandosi il mento e spostando i capelli dal viso, in un disperato tentativo di apparire meno devastata. "Quel cacciatore, quel Fischer! Mi ha mollato qui, da sola, senza acqua e cibo..."

"Fischer?!"

"Sì! Ma perché ripete tutto quello che dico? Non capisce l'inglese?"

"Lo capisco molto bene, dato che è la mia lingua

madre. Non capisco invece cosa ci fa qui lei, sperduta ad almeno quindici chilometri da London in mezzo al niente, da... Da quante ore si trova qui?"

"Ore? Sono qui da ieri pomeriggio. Fischer doveva portarmi a Poland. Poi è successo qualcosa, non so cosa, e s'è andato, sparito, con la sua jeep e tutta la mia roba, la borsa, i documenti, il passaporto, le carte di credito, i ..."

"Basta. Adesso si calmi. Beva ancora un po' d'acqua, intanto le allaccio la cintura. Si tenga forte, dobbiamo tornare subito alla stazione dei rangers, sta per arrivare il tifone" si chinò davanti a lei, armeggiando con la cintura per metterla in sicurezza.

"Lo so! È un miracolo che lei sia arrivato, che mi abbia visto! Lei è un ranger, vero? Ha la divisa come quella donna, giù al Comando, quella antipatica..." la ragazza si schiaffò una mano sulla bocca, sgranando gli occhi, incredula di aver detto quello che aveva detto. Ma ormai era fatta.

Le iridi grigio-verdi di MacLanart la trapassarono con un'occhiata di granito a pochi centimetri dal suo viso.

"Sta parlando del mio Comandante, immagino. Di solito Lara è molto gentile con i turisti".

"Ah! Si chiama Lara. Bel nome. Russo. Come la Lara del Dottor Živago" tentò di deviare il discorso per calmare la tempesta che aveva visto passare in quegli occhi magnetici, molto più pericolosa di quella che si stava per scatenare sopra le loro teste. Non era nella posizione per fare battute di spirito, si disse. Prima doveva farsi portare al sicuro.

Quell'uomo si muoveva con la stessa pericolosa lentezza del gatto selvatico che l'aveva morsa durante la notte. Era meglio tacere e non provocarlo.

A quel pensiero si ricordò del morso che ancora le doleva, sul braccio destro.

"Non avrebbe del disinfettante? Mi ha morso un gatto stanotte..."

Gli mostrò l'avambraccio arrossato dal sole e dai vapori sulfurei, dove i denti affilati erano entrati in profondità dentro il muscolo, provocandole un brutto rigonfiamento incrostato di sangue rappreso.

MacLanart afferrò gentilmente il braccio osservando l'escoriazione, poi tornò a guardarla con la stessa espressione dura da marine che non aveva perso da quando lei aveva nominato Fischer.

"Non ha un bell'aspetto. Deve prendere subito degli antibiotici" le pose il palmo della mano sulla fronte impolverata, poi le nocche delle dita sulle guance.

L'arrossamento non era dovuto solo alla scottatura.

E l'equilibrio instabile non era causato solo dalla fame e dalla sete.

Il viso della ragazza scottava di una febbre piuttosto alta.

Le sollevò il viso, sfiorandole la gola con un tocco fermo e deciso. Le ghiandole ingrossate erano il sintomo di un'infezione.

Probabilmente non era ancora crollata a causa dell'adrenalina, e di un buon spirito di sopravvivenza.

"Andiamo. Dobbiamo fermare l'infezione".

Due tuoni si susseguirono, uno dietro l'altro. Il vento aumentò la sua forza, facendo oscillare l'airboat.

La ragazza si appoggiò al sedile, improvvisamente senza forze, come se fosse stata una marionetta a cui il burattinaio avesse tranciato i fili.

"A dire il vero... non mi sento tanto bene. Ma sarà la fame, il caldo..."

"Come si chiama?" MacLanart si mise ai comandi dell'airboat, virando verso l'acqua

profonda.
"Monnalisa Spencer. Ma tutti mi chiamano Lisa" la voce le uscì affievolita.
"Continui a parlare, Lisa. Di dove è?"
"Sidney, Australia..."
Pochi istanti dopo che avevano ripreso la direzione della stazione, la ragazza perse i sensi.

Il cielo assunse un colore metallico, avvolto su se stesso in spire scarlatte, ammassato di nubi di piombo.

Raffiche d'acqua gelida spazzavano la spiaggia con rabbiosa devastazione, trascinando via come stracci i fusti sradicati di helitropium e detriti.

MacLanart sollevò la ragazza dal sedile dell'airboat, trasportandola sul pontile, fino alla porta di servizio della stazione. Faticò a tenerla aperta, il vento gliela sbatté addosso mentre scivolava all'interno della casa.

Si orientò al buio fino alla stanza di Turner, deponendo la donna sulle lenzuola così com'era, senza preoccuparsi di sporcarle.

Le tolse la tracolla della digitale, abbandonando la custodia sul pavimento in un angolo della stanza.

Poi corse a sbarrare la porta, che sbatteva con violenza contro lo stipite, prima che il tifone riuscisse a scardinarla del tutto, e la sbarrò con un grosso catenaccio.

L'airboat era già stato trascinato via dalla corrente, nonostante l'avesse ancorato al pilone del pontile. Se era fortunato lo avrebbe trovato a qualche chilometro da lì, arenato in qualche lanca della laguna.

La cassetta di pronto soccorso in dotazione alla stazione non conteneva solo bende e cerotti. L'aveva integrata con antibiotici e antidolorifici. Nonostante sull'atollo non vivessero specie predatorie particolarmente pericolose, era facile essere morsi dai ratti e dai gatti selvatici, attirati dalle dispense domestiche e dai piccoli allevamenti di animali da cortile.

Rovesciò l'intero contenuto sul letto per cercare in fretta quello che gli serviva, e prese dal mucchio un paio di guanti di lattice. Li indossò scrutando il viso febbricitante della ragazza che aveva preso a respirare con affanno.

Alla luce bassa dell'abat-jour preparò una siringa di soluzione fisiologica per detergere il morso e lo medicò con una pomata di Betadine.

Subito dopo le iniettò una dose di azitromicina, segnando su un blocchetto di carta l'ora dell'iniezione. Avrebbe dovuto ripetere il trattamento antibiotico per cinque giorni, ma appena la donna avesse ripreso conoscenza doveva chiederle se era stata vaccinata contro la rabbia e il tetano prima di partire dall'Australia. Solitamente le vaccinazioni erano consigliate, ma non tutti i turisti erano coscienziosi al punto di premunirsi contro le malattie infettive che era possibile contrarre durante una vacanza.

La prassi richiedeva anche l'isolamento dell'animale infetto, per evitare il contagio con gli altri abitanti dell'isola, ma erano passate troppe ore da quando la ragazza era stata morsa, e il tifone rendeva impossibile avventurarsi al di là della porta della stazione.

Avrebbe segnalato il caso al Comando, e iniziato una battuta di caccia subito dopo il tifone, accompagnato da un veterinario, per la vaccinazione di tutti i gatti selvatici presenti sull'atollo.

Nonostante Christmas Island fosse un luogo piuttosto isolato, gli uccelli migratori trasportavano da un'isola all'altra le infezioni che lentamente si allargavano anche agli altri animali selvatici e domestici attraverso gli escrementi e il guano.

Cercò tra i medicinali una pomata per le scottature e la distese sul viso arrossato della ragazza, sulle braccia e le mani.

Per il momento non poteva fare altro.

Le tolse i mocassini infangati e le calze, lasciando cadere il tutto ai piedi del letto, poi la lasciò riposare alla penombra dell'abat-jour.

Fortunatamente l'impianto elettrico della stazione funzionava con un generatore installato nel sotterraneo. La luce non sarebbe mancata.

Aveva qualche speranza in meno per l'antenna della radio, se il tifone non l'aveva già divelta.

Il caos che infuriava all'esterno in un rumore continuo e assordante gli impediva di distinguere i suoni oltre al verso rabbioso del tifone.

Afferrò in una mano il microfono della radio e tentò una comunicazione con il Comando.

"Benson Point a London. Mi sentite?" regolò le frequenze radio spostandole di qualche tacca, ma gli rispose solo uno sfrigolio.

Il tentativo lo aveva fatto, anche se sapeva che c'erano poche speranze.

Lasciò in pace la radio e compilò il rapporto giornaliero sul computer portatile. Del collegamento wireless con il sistema satellitare non c'era nemmeno da parlarne, doveva aspettare la fine del caos. Aveva comunque parecchio lavoro d'ufficio arretrato, era il momento per occuparsene.

Preparò intanto la e-mail da spedire al Comando appena la linea wireless fosse tornata attiva, descrivendo sommariamente la ragazza e aggiungendo i pochi dati che era riuscito a sapere prima che perdesse i sensi.

Se era registrata in un hotel a London, il Comando sapeva quando era uscita e come era accaduto che si fosse persa.

Segnalò anche la presenza non autorizzata di Ed Fisher dentro la laguna. Con un po' di fortuna, avrebbe ottenuto di far dichiarare il bracconiere persona non gradita nel parco naturale.

Se poi lo avesse denunciato per averlo spaventato con colpi d'arma da fuoco, non avrebbe fatto altro che confermare la sua presenza in un'area protetta dove la caccia era proibita. A Fisher conveniva lasciare l'atollo prima possibile, se non lo aveva già fatto.

* * *

Ombre lunghe, aggrappate alle pareti come stracci di fantasmi.

Una sagoma scura, in un angolo, enorme.

Ali di stoffa, appese al soffitto.

Lisa si schiarì la vista un momento alla volta, adeguandola alla semioscurità. Non permise al panico di dominarla, nonostante quell'ululato grave, continuo, che pareva annullare qualunque altro rumore.

Le ombre lunghe, la sagoma scura, le ali di stoffa, erano immobili, come pietrificate.

Era in una stanza, ma non sapeva dove. La luce dell'abat-jour alla sua sinistra deformava gli oggetti, li obbligava a seguire prospettive amorfe, aliene al suo archivio mentale.

Dov'era?

Dove sono, dove sono, dove sono...

Il calore al volto, alle braccia, e il fastidioso prurito erano le prime cose di cui occuparsi. Sollevò una mano a toccarsi il viso, sentendo sotto i polpastrelli una sostanza vischiosa. Mise a fuoco la mano, appiccicosa di una qualche essenza medica.

Una pomata. L'odore era quello del mentolo, forse un elemento rinfrescante, che aveva perso da ore il suo benefico sollievo.

Anche il braccio ne era ricoperto, sopra l'ustione causata dall'esposizione al sole e dai vapori sulfurei della laguna.

La laguna!

Sollevò anche l'altro braccio e vide il bendaggio. Il dolore era intenso, ma non ricordava cosa fosse accaduto. Un taglio? Un colpo?

Prese un respiro profondo, concedendo a se stessa un attimo.

Ricordava la laguna, l'escursione, la sparizione di Fisher...

Si era persa.

Aveva passato la notte sotto le stelle, poi era arrivata l'alba...

Il gatto!

Lo aveva seguito per un po'. Era apparso da una macchia di heliotropium, percorrendo un sentiero battuto forse dagli animali selvatici. Gli animali seguivano l'istinto, poteva portarla verso la civiltà, verso una strada più grande.

Poi la bestia si era voltata e l'aveva aggredita. Forse si era sentita minacciata. Se era una femmina, poteva avere i piccoli da qualche parte.

Le foto. Aveva scattato alcune foto, il giorno prima. Dov'era la reflex?

Fece leva sul braccio sano per sollevarsi dal letto e cercò attorno a sé.

La custodia era lì, accanto a lei. Abbandonata sul pavimento.

Con un po' di fortuna non sarebbe stata da buttare. Il caldo della laguna poteva aver danneggiato lo schermo a cristalli liquidi o gli obiettivi. Non poteva permettersi quelle costose apparecchiature professionali con gli obiettivi tropicalizzati, progettati apposta per sostenere le temperature equatoriali.

La scheda di memoria, all'interno dell'apparecchio, si era salvata senz'altro.

Tornò ad adagiarsi sul cuscino con cautela.

Il breve sforzo l'aveva resa consapevole del caldo intenso che soffocava la camera. Le lenzuola e il cuscino erano inzuppati di sudore, così come la sua camicia e i calzoni. Un improvviso senso di soffocamento la costrinse a rialzarsi per sbottonare la camicia.

Seduta sul letto armeggiò con i bottoni di madreperla, con le dita incerte che faticavano a seguire i comandi del cervello.

Gettò la camicia oltre il bordo del letto, poi sfilò i pantaloni, facendo seguire loro la stessa sorte. La biancheria di seta era un disastro, macchiata dal sudore mescolato alla polvere che le si era infiltrata attraverso gli abiti, ma non le interessava. Aver tolto uno strato di stoffa di dosso le stava dando già un po' di sollievo.

Un brivido la percorse dal collo alle gambe.

Stanchezza, disidratazione, fame, febbre.

Poteva elencare altre cause, una valeva l'altra in quel momento, non faceva molta differenza.

Non riusciva a scendere dal materasso. La testa vorticava come una trottola, annebbiandole la vista.

Non era la sua stanza in albergo. Qualcuno l'aveva soccorsa e portata in un posto sicuro, ma caldo come una fornace.

Le ombre lunghe apparvero finalmente per quelle che erano.

Carte geografiche nautiche della zona del Pacifico, appese alla parete, poster naturalistici, foto di animali.

La sagoma scura era un armadio a tre ante, accanto a una serie di persiane che coprivano un'intera parete. Cosa vi fosse dall'altra parte non le era dato di saperlo.

Le ali di stoffa sopra la sua testa erano di un ventilatore a pale.

Doveva esserci un interruttore per azionarlo, o sarebbe morta di caldo. Certamente accanto alla porta, vicino a quello della luce.

Non era lontana, la porta. Poteva farcela.

Scese cautamente dal materasso, rasentando il muro con le braccia per mantenere l'equilibrio.

Urtò qualcosa con i piedi, inciampandovi dentro.

Il pavimento si avventò contro di lei, troppo in fretta per fermarlo.

L'impatto la lasciò senza fiato. Un dolore intenso salì lungo le braccia e le mani.

Tremando si ordinò di riprendere a respirare, e si sollevò sui gomiti.

Scoprì di essere inciampata nei propri abiti, appena gettati a terra.

Che stupida!

Si tirò in piedi aggrappandosi alle lenzuola e alla testata del letto.

La botta le aveva schiarito di colpo la vista, forse a causa della scarica di adrenalina.

La mano che tremava raggiunse l'interruttore della luce e quello della pala appesa al soffitto.

L'aria bollente prese a vorticare su se stessa, dandole una parvenza di ristoro che in realtà non era.

La luce cruda della lampadina illuminò di un giallo itterico quella che doveva essere la stanza di un uomo: niente cuscini colorati, ninnoli, o quadri che dessero l'idea opposta. Alla parete erano appesi un paio di poster di attrici famose, di cui uno era autografato.

Scorse la porta di un bagno, che si affrettò a raggiungere sulle gambe mal ferme.

Un lavabo, un water, una doccia. Non più di due metri quadri di superficie.

Abiti appesi a una gruccia di legno, panni sporchi abbandonati nel piatto della doccia, scarpe e ciabatte sotto il lavabo.

Sulla mensola dello specchio, un rasoio elettrico, spazzolino e dentifricio, una spazzola, un pettine, un flacone di schiuma da barba.

Decisamente il bagno di un uomo, nemmeno

tanto ordinato. Era evidente che non aspettava visite.

Un uomo.

Un uomo l'aveva raccolta da un'insenatura della salina. Un ranger.

Doveva essere la sua stanza. Non ricordava nulla di definito, solo la statura. Era alto, molto più di lei, imponente. Le aveva messo soggezione. Niente altro. La sua mente si rifiutava di collaborare.

Era palese che doveva trovarsi a casa sua, nella sua camera. Non trovava altre risposte alle sue congetture.

Un colpo alla parete chiusa dalle persiane. Un altro. Una mitragliata di oggetti che si abbatterono come per sfondarla.

Trasalì di paura, rimpicciolendosi dietro la porta del bagno.

Il rumore sordo era più attutito in quel buco senza finestre, ma non meno intenso. Era insopportabile.

Si aggrappò al lavabo, guardandosi allo specchio con un sussulto.

Le sfuggì un gemito, mentre si rendeva conto che era proprio la sua faccia quella cosa devastata che lo specchio stava riflettendo.

Si era presa una brutta scottatura, e a peggiorare l'estetica c'era quello strano rigonfiamento della gola che la faceva sembrare una foca.

Cosa diavolo le era capitato?

Stirò i capelli aggrovigliati, cercando di districarli con le dita, senza successo. La cosa migliore che potesse fare era vuotare il piatto della doccia dai panni e mettersi sotto l'acqua. Ma aveva paura di peggiorare lo stato delle sue scottature, togliendo la pomata che le avevano spalmato. Il prurito causato dalla polvere che aveva addosso era insopportabile, così come il fuoco che le bruciava a fior di pelle.

Si lasciò prendere dallo sconforto, con gli occhi pieni di lacrime.

Si diede di nuovo della stupida. Non era da lei piangere per una difficoltà così piccola. Era viva no? Non doveva demoralizzarsi.

Singhiozzando, aprì il rubinetto per riempire un bicchiere di acqua.

Se non riusciva a calmare i nervi, almeno avrebbe calmato la sete.

"Lisa!"

Sobbalzò per lo spavento, lasciando cadere maldestramente il bicchiere nel lavabo, mandandolo in pezzi.

"Oddio."

La porta del bagno si spalancò senza cerimonie, e il ranger la riempì con tutta la sua corporatura. Indossava solo una canotta scura sul torso ampio e muscoloso, e i calzoni della divisa. Era a piedi scalzi, ma questo non serviva ad abbassarne la statura.

"Non doveva alzarsi. Si sente male?"

"No." Lisa si tamponò gli occhi con un asciugamano che aveva avuto tempi migliori, ma in quel momento pensava solo a non farsi vedere piangere. "Avevo sete. Fa molto caldo",

"Lo so. Venga, la riaccompagno a letto. Devo farle un'altra iniezione."

Il ranger la prese per il gomito incoraggiandola a uscire dal pertugio che era il bagno.

"Il bicchiere... mi spiace, mi è sfuggito di mano..."

"Lasci stare, ci penso io. È solo un bicchiere".

L'uomo la fece riadagiare sulle lenzuola, che le diedero un immediato senso di disagio. Erano umide e stropicciate, e c'era della sabbia che le strofinò contro la pelle.

Poi si ricordò che indossava solo il reggiseno e le culottes di seta. Anche volendo, l'improvviso imbarazzo che le salì al viso non si notò.

Era già piuttosto rossa.

"Cosa mi è successo? Dove sono? Lei chi è?" Fare mente locale, reagire. Era il modo migliore che conosceva per affrontare le situazioni. Era o non era la figlia di un allevatore, avvezza a spostare mandrie? Se non la spaventava una *stampede*[3], non doveva sentirsi a disagio in nessun'altra occasione.

Il ranger girò attorno al letto, estraendo da una cassetta di metallo una siringa e una fiala con del liquido trasparente. Infilò i guanti di lattice, caricò il serbatoio della siringa, poi le prese il braccio per iniettare il farmaco, sedendosi sul bordo del materasso al suo fianco.

"Non ricorda nulla?"

"Qualcosa. La laguna, Fischer, un gatto... lei è un medico?"

L'uomo terminò l'iniezione, poi la guardò finalmente negli occhi.

Lisa trattenne il respiro, impreparata ad affrontare lo sguardo inquisitore che le rivolse. Iridi di uno strano colore, tra il grigio e il verde, la trafissero come se stessero cercando di scoprire altro oltre a quello che vedeva. C'era una certa freddezza in quegli occhi che la mise ancora più a disagio di quanto già non fosse. Si trovava in una situazione di svantaggio, esposta al suo esame, coperta solo da uno strato di biancheria nemmeno tanto casta.

"Si è persa nella laguna. Un gatto selvatico l'ha morsicata al braccio, provocandole un'infezione che le ha ingrossato i linfonodi e alzato la temperatura. Le ho iniettato una dose di antibiotici per fermare l'infezione, nel giro di alcune ore dovrebbe andarsene anche la febbre e il gonfiore, ma deve stare tranquilla. Deve riposare."

---

3 Stampede: fuga precipitosa di una mandria spaventata.

"Oh! Che stupidaggine! Perché mai il morso di un gatto dovrebbe causare una tale infiammazione?" tentò di alzarsi a sedere sul letto. "Ho solo le vertigini per la fame, e ho sete."

L'uomo le posò le mani sulle spalle, facendo attenzione a non toccarla dove si era scottata, e la costrinse a rimettersi giù.

"La sete e le vertigini sono provocate dall'infezione. Si tratta di un batterio che le è stato trasmesso quando il gatto l'ha morsa. In gergo medico si chiama 'graffio del gatto', ma in realtà il morso è stato solo il veicolo che ha trasportato l'infezione dalla bestia già malata. Deve fare un ciclo di antibiotici per cinque giorni. Devo sapere anche se ha fatto le vaccinazioni antitetanica e antirabica prima di partire dall'Australia".

Lisa si oppose a quella costrizione. Cacciò via con le sue le mani dell'uomo, impedendogli di toccarla ancora.

"Chi le ha detto che sono australiana?"

"Lei, prima di perdere i sensi".

"Non ha risposto alla mia domanda" lo aggredì, spiazzata dalla sua stessa rivelazione.

"Qual era?" l'uomo infilò la siringa usata nel suo involucro di plastica per gettarla nei rifiuti, poi tornò a guardarla. "Devo sapere se ha fatto le vaccinazioni, è importante. Altrimenti devo farle un'iniezione di antitetano".

"Prima mi dica dove sono e chi è lei".

L'uomo la guardò con un certo biasimo. Poi doveva aver deciso che la sua risposta non avrebbe cambiato la situazione, perché le rispose con poche concise parole.

"Si trova in una stazione dei ranger a Benson Point. Il mio nome è MacLanart, per quello che può servirle. E sì, sono un medico. Mi dica se è stata vaccinata, per il suo bene. Non posso portarla al campo medico di Poland, c'è un tifone piuttosto incazzato fuori da quelle finestre".

Lisa si morse un labbro, trattenendo una risposta piccata. Poi gemette. Si era dimenticata di avere le labbra spaccate dall'arsura, e si era procurata dolore da sola. Quell'uomo doveva averla salvata, a quanto pareva. Meritava una risposta.

"Sì, sono vaccinata. Può stare tranquillo, non morirò nella sua capanna. Non oggi, almeno".

"Se fa la spiritosa vuol dire che si sente meglio". MacLanart prese dalla cassetta metallica un termometro di vetro, uno dei vecchi modelli con la colonnina di mercurio, costringendola a infilarlo in bocca. "Lo tenga per cinque minuti e non si muova."

In questo modo non poteva parlare, ma Lisa poteva fulminarlo con la sua migliore occhiata omicida.

Non si sentiva affatto meglio.

Aveva sete, fame, e doveva assolutamente svuotare la vescica. Ma poteva aspettare ancora cinque minuti, il tempo di accumulare nella mente i migliori epiteti e improperi che aveva imparato dai mandriani di suo padre, per scaricarglieli addosso appena le avesse levato il termometro dalle labbra.

Nel frattempo MacLanart si alzò e lasciò la camera. Pensò che volesse lasciarla riposare, invece ritornò qualche minuto dopo con un vassoio.

"Non abbiamo flebo di integratori da iniettarle, perciò deve sforzarsi di bere e mangiare qualcosa". Posò ai piedi del letto il vassoio sul quale aveva posato del succo di frutta, un paio di manghi e alcune gallette. C'era anche un vasetto di miele e un bricco di caffè. "Più tardi se si sente di alzarsi le preparo una costata. Intanto iniziamo con questo".

Le tolse il termometro dalle labbra e controllò la temperatura.

Lisa si aspettò un commento, che non arrivò. Come ogni medico che si rispettava, evitava di informare il paziente del suo stato di salute se non ne era costretto.

"Quando potrò andarmene?"

Lisa si rizzò sui gomiti per mettersi seduta. MacLanart si affrettò ad aiutarla, poi le tese il bicchiere di succo di frutta, assicurandosi che la presa delle sue mani fosse salda.

"Ha fretta di lasciarci? È appena arrivata".

Lisa fece una smorfia, poi inghiottì il succo di frutta.

"Ho fretta di tornare a lavorare. Se sto qui il mio incarico non procede".

MacLanart riprese il bicchiere dalle sue mani e le passò le fette di mango adagiate sul piatto.

"Mi spiace. Il tifone va avanti da parecchie ore, e credo che continuerà fino a domani mattina. In ogni caso, lei non potrà uscire in questo stato. Non si regge in piedi".

Lisa sospirò, tra un morso e l'altro.

Non ci voleva. Non poteva nemmeno comunicare con il Dipartimento per spiegare che si era infortunata, persa, ed era in balia di uno sconosciuto.

Tutta colpa di quel dannato tifone.

Divergenze di opinione

Quando si svegliò la stazione era immersa nel silenzio. Era stata proprio quella mancanza del rumore di fondo a stimolare il cervello di Lisa e a distoglierla dagli ultimi rimasugli di torpore.

Un silenzio anomalo, dopo il caos del tifone che era proseguito per ore interminabili, come il rombo di un enorme aspirapolvere.

Non era abituata a quell'assenza totale di suoni. Nella fattoria di suo padre, nonostante fosse isolata nell'Outback australiano, c'era sempre e comunque il rumore degli animali al pascolo, il vociare del personale di servizio e dei braccianti.

Quell'assoluto niente la fece sentire come chiusa sottovuoto in una scatola di sardine. Come se fosse rimasta unicamente lei su tutta la superficie dell'atollo.

Presa da una sensazione di angoscia si alzò e tentò cautamente di tenersi in piedi.

Prima cosa, usare il bagno.

Sorvolò sul disordine che ancora lo invadeva per usare i servizi e sciacquarsi la bocca dal senso di arsura che le impastava la gola.

Non osava ancora lavarsi di dosso la pomata che le aveva spalmato il ranger sulle scottature. L'immagine che le restituì lo specchio era meno sconvolta dell'ultima volta, ma aveva due profonde occhiaie che le segnavano gli occhi. Il rigonfiamento alla gola si era attenuato, grazie agli antibiotici. La pelle era ancora arrossata come quella di un'aragosta, con un riflesso traslucido dato dalla pomata.

Ricordava vagamente una visita di alcune ore prima, in cui il ranger era entrato silenziosamente nella camera per iniettarle la terza siringa di antibiotici. Era emersa per pochi minuti dal dormiveglia, un istante per rendersi conto dell'iniezione, e poi ricadere nel torpore degli antibiotici e della febbre. Dunque, quante ore erano passate? Più di ventiquattro?

Ma soprattutto: che ora era?

Era chiusa in quella stanza buia da talmente tanto tempo che aveva perso la cognizione del giorno e della notte.

Usò il pettine per lisciare i capelli e ricomporli, ma l'effetto ottenuto non la soddisfò. Doveva assolutamente fare un bagno con schiuma e shampoo.

Lanciò un'occhiata bieca alla doccia, ancora sommersa dai panni sporchi.

No, prima era meglio cercare il ranger e farsi preparare qualcosa da mettere nello stomaco. Una doccia calda, pur con il suo beneficio rilassante, avrebbe dilatato i vasi sanguigni provocandole un abbassamento ulteriore della pressione, e lei era già abbastanza a terra.

Tornò nella camera, affrontando coraggiosamente il mostro che l'aveva spaventata al suo primo risveglio. L'armadio a tre ante conteneva di tutto. A parte una dozzina di divise da ranger e la biancheria maschile, uno scaffale accoglieva armi da taglio di vari tipi, scatole di proiettili, caricatori, esplosivi, e su una piccola rastrelliera erano appesi due fucili. Non si intendeva di armi, ma quel piccolo arsenale la impressionò. Si affrettò a richiudere le ante, dopo aver preso due panni al volo, rifiutandosi di toccare la biancheria.

Stese sul letto la canotta bianca e i calzoni verde marcio, soppesandone la taglia.

Decisamente troppo grandi per lei, ma non aveva niente altro sotto mano. Il ranger aveva requisito i suoi vestiti, qualcosa doveva pur indossare. Prendere in prestito qualcosa di suo era il minimo che poteva concederle.

Faceva ancora troppo caldo per infilare una delle camicie appese nell'armadio, che oltretutto le sarebbe arrivata alle ginocchia. Sarebbe stata ugualmente ridicola con quella roba addosso, ma non doveva andare a un party.

E poteva togliere finalmente la biancheria di seta per lavarla.

Scambiò velocemente gli abiti, che le scivolarono addosso restandole appesi come a uno spaventapasseri. Le bretelle della canotta misero in risalto la pelle candida delle spalle e del seno, in contrasto violento con il rossore del viso e delle braccia, scottati dal sole. Era davvero un pessimo spettacolo. Non si era mai sentita tanto brutta in vita sua.

Con un sospiro desolato raccolse la biancheria e la immerse a mollo nell'acqua saponata dentro il lavabo. Sarebbe tornata a strofinarla più tardi, dopo aver mangiato qualcosa.

Il ranger le aveva promesso una bistecca. Non vedeva l'ora.

* * *

La stazione era più grande di quello che si era immaginata.

Oltre la porta della camera si trovò in un ambiente ampio, arredato di vimini, dove le finestre erano state spalancate per lasciare entrare la luce. Su un lato si allargava il piano di una cucina in stile americano, con una penisola sulla quale erano posati l'angolo cottura e il lavello. Al centro della sala troneggiava un tavolo di cedro con alcune sedie di vimini attorno. Sul lato opposto due divani coperti da foulard in colori batik circondavano un basso tavolino con un televisore a cristalli liquidi. Sulla parete di fondo era stata appesa una rastrelliera per i fucili.

In un angolo, un tavolo di vimini portava attrezzature informatiche e qualcosa di simile a una radio rice-trasmittente.

Si chiese a cosa servisse, nell'era dei telefoni satellitari.

Lisa attraversò la sala fino al porticato esterno, o almeno, a quello che ne era rimasto.

Il tifone aveva divelto parte della tettoia e del pavimento di legno. Una voragine si apriva davanti all'ingresso, dove era stata posata una passerella provvisoria fatta con due tavole inchiodate insieme alla bene e meglio. Al di sotto scorreva l'acqua, che lambiva l'orlo della pavimentazione. La casa sembrava un vecchio castello medievale con il suo fossato. La struttura di cemento aveva resistito alla forza della tempesta, che si era limitata a danneggiare solo le parti in legno.

Oltre la passerella, quello che restava del pontile era per metà sommerso dall'acqua, mentre la parte in superficie era mitragliata di buchi causati da oggetti pesanti che il tifone aveva abbattuto contro di esso.

La riva, dove la spiaggia era ancora sommersa dall'alta marea, era simile a una discarica dopo che vi fosse scoppiata una bomba. Mareggiate di schiuma si scaricavano ancora sulla sabbia, con un ultimo sussulto stanco, la rabbia ormai esaurita.

Per molti metri, fino a dove arrivava la sua vista, il terreno era devastato da detriti, gli alberi di cocco divelti, caduti uno sopra l'altro.

Un cielo slavato, lungo l'orizzonte, portava gli ultimi brandelli di nubi antracite, trascinate via dal *Trade-wind*.

Lisa trattenne i capelli, che il vento caldo le aggrovigliò attorno al viso.

Oltrepassò la passerella e saltò sul pontile, facendo attenzione a dove metteva i piedi perché era scalza. Girò intorno alla stazione in senso orario, fino a che lo vide.

MacLanart era chino sulle tavole di legno, un ginocchio piegato e l'altro sospeso, intento a legare un fuoribordo a un palo, l'ultimo rimasto ancorato al fondale.

Lo raggiunse con passo silenzioso.

"Buongiorno".

Lui sussultò, più che altro perché lo aveva colto di sorpresa, non certo per lo spavento.

Volse la testa a guardarla, senza smettere ciò che stava facendo, e le sorrise con una smorfia maliziosa.

"Buongiorno, principessa. Stamattina siamo in forma".

Lisa si fermò dov'era, rendendosi conto dell'occhiata eloquente che le aveva radiografato il corpo.

Chinò gli occhi, seguendo la direzione del suo sguardo, scoprendo quanto poco nascondeva la canotta che aveva indossato.

Le bretelle lunghe abbassavano la scollatura sul seno, che tendeva la maglia in maniera fin troppo provocante.

Immediatamente incrociò le braccia sul petto, tentando di deviare l'attenzione dell'uomo dalle sue curve procaci. Ma la sua reazione servì soltanto a farlo sorridere ancora di più, con un'espressione compiaciuta che la fece indispettire.

"Avrei un po' fame... si può mangiare qualcosa?"

MacLanart strinse l'ultimo nodo alla corda di ancoraggio, poi si rialzò, raccolse una sacca di attrezzi e camminando nella sua direzione tornò verso la casa.

"Non dovrebbe uscire a piedi scalzi. Ci sono chiodi e schegge di legno ovunque".

La oltrepassò senza degnarla di un'altra occhiata e senza rispondere alla sua domanda.

Lisa lo seguì, stando ancora più attenta a dove

camminava, ma si trovò distratta dal fisico stupefacente del suo ospite. La febbre doveva averle annebbiato la vista, nei giorni precedenti, per non essersi accorta di come fosse chi l'aveva accolta in casa. Oltre all'altezza, che già lo rendeva notevole, aveva addosso una serie di muscoli e bicipiti che la canotta verde modellava seguendo ogni curva, per non parlare del pregevole fondoschiena che tendeva i calzoni della divisa a ogni passo. I capelli biondi ondeggiavano come la criniera di un leone sulle spalle abbronzate.

Nessun altro avrebbe portato quell'assurda pettinatura da anni '80 con così tanta disinvoltura, se non ne fosse stato pienamente consapevole e disinteressato alla moda.

Lisa scavalcò appena in tempo un buco sul pontile, creato da una tavola mancante, un attimo prima di inciamparvi dentro. Si schiarì la voce, cercando di riavere la sua attenzione, mentre tentava di tenere il passo.

"Certo che il tifone ha fatto un bel disastro... che ore sono? È già ora di pranzo?"

MacLanart la precedette dentro la stazione, posò la sacca sul tavolo di legno di cedro e prese una birra dal frigorifero. Ne bevve un lungo sorso, appoggiandosi con i fianchi al bordo del piano cucina.

"Sono le quattro del pomeriggio. E no, non è ora di pranzo. Almeno, non a queste latitudini. Se calcola il fusorario però potrebbero essere le cinque del pomeriggio, da qualche parte. L'ora del tè. Voi australiani bevete il tè alle cinque come gli inglesi, no?"

Lisa lo ascoltò inebetita da quello strano discorso di fusorari, tè, latitudini.

Quando capì che la stava prendendo in giro era già sparito in un'altra stanza.

Il suo stomaco brontolò con la forza di un tuono,

e dovette premere una mano sull'addome per calmare i crampi della fame.

Si maledisse per quella debolezza, ma insistere era l'unico modo per ottenere la sua considerazione.

"Mi sento svenire dalla fame. Posso prendere qualcosa dal frigo?" chiese a voce alta, in direzione della porta da cui era sparito.

Non ottenne nessuna risposta.

L'istinto di sopravvivenza la spinse a fare da sé. Aprì lo sportello e scrutò all'interno.

Qualche scatoletta di carne, un vasetto di sottaceti, frutta, verdura.

Prima di lasciare l'Australia le avevano raccomandato di non mangiare nulla che non fosse perfettamente lavato. Da escludere la verdura. La frutta l'aveva già assaggiata, era sopravvissuta. La scatoletta di carne però sembrava la più appetibile in quel momento.

Ne prese una, fece leva sulla chiavetta e ne aspirò il profumo.

Trovò sul piano di lavoro della cucina un coltello pulito e divorò un boccone dopo l'altro i pezzetti di carne.

Non era eccezionale, ma andava bene, per cominciare.

Si avvicinò alla postazione informatica, lanciando un'occhiata allo schermo del computer, dove giravano alcune foto naturalistiche dell'atollo come salvaschermo.

"La linea internet funziona?" chiese a voce alta, finendo l'ultimo boccone di carne.

MacLanart tornò dalla stanza imbracciando un fucile. Nell'altra mano reggeva una scatola che poteva contenere munizioni.

Squadrò con uno sguardo gelido la scatoletta di carne che Lisa stava ripulendo con un dito, portandolo alle labbra e succhiandolo con poca finezza.

"Perché?"

La ragazza adocchiò fucile e munizioni, restando per un attimo indecisa su cosa rispondere. Poi le tornò il piglio deciso con il quale affrontava sempre le situazioni incerte.

"Vorrei avvisare l'albergo che sto bene. E vorrei mandare una mail al mio ufficio".

Il ranger soppesò la sua risposta per qualche secondo, poi le accennò con un gesto del mento la tastiera del computer.

"C'è una connessione satellitare wireless, se riesce a collegarsi. Non c'è campo da tre giorni. Non vi stia attaccata delle ore, è piuttosto costosa".

"Certo, grazie. Ma non paga lo stato?"

"Il governo di Kiribati non si può permettere un radiofaro satellitare. La linea di connessione è australiana, e la chiavetta wireless è mia. Se deve comunicare con London ho ripristinato il contatto radio. Usi quello".

"London? Intende il centralino telefonico?"

"Intendo il Comando dei ranger a London". MacLanart posò tutto ciò che aveva in mano sul tavolo. "Sa usare una radio-ricetrasmittente?"

"Veramente... no".

Il ranger sospirò, dimostrando apertamente quanta pazienza dovesse sopportare in quel momento.

Lisa sorrise. Non era tipo da abbattersi. Raramente la gente aveva pazienza con lei, vi era abituata, e aveva sviluppato una predisposizione al lasciare che gli altri credessero che lei fosse un po' stupida, e perciò bisognosa di essere compatita e aiutata. Questo le permetteva di ottenere di più che a dimostrare di sapersi arrangiare da sola.

Ma non lo fece capire a MacLanart.

L'uomo le mostrò come sintonizzare la radio, e come comunicare. Si collegò alle frequenze del Comando e parlò attraverso il ricevitore.

"London, qui Benson Point. London, siete in ascolto?"

Attese qualche istante, poi rispose una voce femminile squillante e dal tono fermo.

"Benson Point, qui London. Cosa succede, Marin?"

"Buongiorno Lara. Ho qui la ragazza che si è persa nella Laguna, vorrebbe fare due chiacchiere con te".

"Ma io non ho voglia di fare due chiacchiere con lei. Ho chiaramente specificato che non sono responsabile dei suoi spostamenti, dopo che ha firmato la manleva".

"Credo che la cosa sia più complessa. Ti passo la signorina Spencer, così ti spiega cos'è successo". MacLanart mise il ricevitore nella mano di Lisa impiastricciata di gelatina, scoccandole un sorriso soddisfatto. "A lei la palla. Buona chiacchierata."

Tornò a occuparsi del suo fucile, rovistando nella scatola e disinteressandosi completamente del resto della conversazione.

Lisa si rabbuiò. Non aveva affatto voglia di parlare con quella donna indisponente, ma a tutti gli effetti doveva denunciare Fischer. Si sedette nella poltrona di vimini, e accese il comunicatore.

"Buongiorno signora..."

"Non sono una *signora*, sono il Comandante Parker. Si sbrighi, ho un villaggio devastato e cinquemila persone senza tetto di cui occuparmi".

"Lo so, o almeno, lo immagino. Anche qui il tifone ha fatto un disastro... ma credo che MacLanart glielo abbia detto..." gli lanciò un'occhiata trasversale, senza per altro ottenere la sua attenzione. "Volevo denunciare una persona, e probabilmente anche un furto".

"Chi e che cosa?"

"Fischer, Ed Fischer".

"So chi è. Come fa a conoscerlo?"

"L'ho pagato per farmi accompagnare in giro per l'atollo. Mi aveva assicurato di conoscere bene la Laguna, e anche un resort a Poland per trascorrere la notte. Questo è stato il giorno prima del tifone. Sa se si è visto in città?"

"Sappiamo che ha lasciato l'atollo tre giorni fa con la sua barca, come è stato ordinato per l'evacuazione. È sicura che fosse lui? Le ha mostrato i suoi documenti? Non esistono resort a Poland, è stata imbrogliata".

Lisa sospirò. Se n'era accorta da sola.

"Non sono abituata a chiedere il passaporto alle guide... ma mi rendo conto che avrei dovuto farlo. A parte questo, mi ha abbandonato nella Laguna e si è portato via parte della mia attrezzatura fotografica e la mia borsa con i documenti, i permessi di soggiorno, il denaro, le carte di credito..."

"Sì, ho capito. Si è fatta infinocchiare ben bene. Mi passi Marin, per favore".

Lisa fissò il ricevitore come se fosse stato un cono gelato, ma del sapore sbagliato, poi si guardò attorno.

Il ranger era uscito in silenzio, non lo aveva sentito lasciare la sala.

"Aspetti, lo cerco fuori". Posò il ricevitore sulla consolle informatica e si affacciò sul pontile. "Signor MacLanart!"

"Perché urla?"

Lisa sussultò, trovandoselo alle spalle.

Si volse trattenendo il cuore con una mano.

La sovrastava in altezza, costringendola a piegare il capo all'indietro per poterlo guardare negli occhi.

Non era uscito. Doveva essersi spostato in una delle stanze.

L'eccessiva vicinanza le trasmise una sensazione di calore improvviso nelle membra. Quell'uomo, probabilmente, non si rendeva conto di quanto fosse seducente. Il suo corpo invece ne era fin troppo consapevole. Nonostante fosse debilitata dalla febbre, sentiva risvegliarsi parti del corpo che non ricordava di avere, almeno fino a qualche giorno prima.

"La donna... il Comandante..." s'impappinò nelle parole, avvampando. "Vuole parlare con lei".

MacLanart socchiuse gli occhi, soppesando l'improvviso imbarazzo che animava il viso della ragazza. Poi, senza lasciarla con lo sguardo, si avvicinò al tavolino della postazione radio e prese il ricevitore.

"MacLanart. Parla pure, Lara".

"La ragazza conferma il tuo rapporto. Abbiamo gli estremi per una denuncia, se Fischer non torna su Kiritimati con la roba della Spencer".

"Vuoi emanare un ordine di cattura? A quest'ora si sarà già sbarazzato dell'attrezzatura e dei documenti della ragazza. Li avrà gettati in mare, o avrà rivenduto l'attrezzatura a qualche turista. Sarà anche già uscito dalle acque territoriali delle Line Islands. A meno che non vi sia un testimone..."

"Mark Gallway!" Lisa si avvicinò a MacLanart, ma non troppo. "Il pilota del Cessna. Gli avevo chiesto se sapeva indicarmi una guida per visitare la Laguna, e nel pomeriggio si è presentato Fischer, sostenendo che era stato il pilota a invitarlo a contattarmi. Forse Gallway può testimoniare che ero con lui. E la ragazza della reception al Captain Cook mi ha visto lasciare il resort e salire sulla jeep di Fischer".

MacLanart le vide gli occhi stanchi brillare vivaci, presi da un febbricitante entusiasmo. La ragazza non era così stupida come voleva far credere. Ingenua forse, sprovveduta. Ma non stupida. Forse iniziava a capire perché lavorava per il Dipartimento.

"Ti conviene fare due chiacchiere con Tituba"

MacLanart continuò a parlare con Lara. "E controllare che non manchi altro nella stanza della signorina Spencer".

Dall'altro capo del filo si sentì il soffio lento di un sospiro di sopportazione.

MacLanart piegò le labbra in un sorriso asimmetrico. Lara non gradiva prendere ordini dai subalterni, ma la situazione richiedeva la sua attenzione immediata. Se una cittadina australiana aveva rischiato la vita lei ne era comunque responsabile, anche se aveva firmato la manleva. La polizia avrebbe investigato per cercare un responsabile, o meglio un capro espiatorio.

"Appena torna Turner, faccio portare la signorina al campo medico di Poland per una visita di controllo. Gli antibiotici hanno abbassato la febbre, ma il morso è ancora piuttosto arrossato. Qui non ho l'attrezzatura per test infettivi. Meglio che la vedano loro".

"Tenetemi al corrente. Noi cerchiamo Fischer. Chiudo".

Lisa si sedette al tavolo di cedro, raccogliendo le gambe sotto di sé, nella poltrona di vimini.

"A me interessa recuperare i documenti, altrimenti non potrò lasciare l'atollo fino a che l'ambasciata non mi fornisce un nuovo passaporto".

"Ha fretta di andarsene?" la provocò MacLanart, tornando a trafficare con il suo fucile.

Lisa fece una smorfia. Il ranger aveva già detto qualcosa di simile il giorno prima. Probabilmente non aveva occasione di parlare spesso con la gente, e tendeva a diventare ripetitivo.

"No, ho fretta di riprendere a lavorare. Ho perso tre giorni a causa di Fischer. Non sono qui in vacanza".

"Davvero?" le stava prestando la minima attenzione possibile.

Lisa s'indispettì. Non sopportava le persone

disattente quando lei stava parlando.

"Sì, davvero. Ma a cosa le serve quel fucile, va a caccia di leoni?"

La battuta sarcastica servì finalmente a distogliere MacLanart dagli ingranaggi dell'arma, e a volgersi verso di lei.

Se ne pentì all'istante. Gli occhi grigio-verdi la trapassarono come se fosse stata di carta velina, agitandola di nuovo dentro. Ma aveva imposto la propria attenzione, e adesso doveva sostenerla. Si esibì in un sorriso stretto e di convenienza. In cambio, lui tornò a occuparsi del meccanismo di sparo.

"È un *telinject* G.U.T. 50, un lanciasiringhe usato per narcotizzare gli animali selvatici".

"Narcotizzare?"

"Darò la caccia al gatto selvatico che l'ha morsa. Va messo in isolamento e curato, prima che infetti gli altri animali".

Lisa raddrizzò le spalle, improvvisamente interessata. Quello era il suo campo.

"Posso accompagnarla?"

"No".

"Ma..."

"No. Conosce il significato di no?" MacLanart la fulminò con uno sguardo glaciale. "Lei deve andare in ospedale, dopodiché la riaccompagneranno in hotel a raccogliere il resto della sua roba e se ne tornerà a casa a riprendersi da questa brutta avventura".

"Assolutamente...!" la protesta che le era salita alle labbra morì in un suono stridulo.

MacLanart girò attorno al tavolo e si chinò su di lei, puntando le mani sui braccioli della poltrona di vimini.

Lisa si rannicchiò il più possibile, stringendosi al petto un ginocchio piegato a novanta gradi, come se potesse in qualche modo riparla dall'improvvisa impetuosità del ranger.

Gli occhi dell'uomo la inchiodarono allo schienale, fissandosi nei suoi come fari luminosi.

"Cos'ho detto?"

"O-ospedale..." balbettò Lisa, sbattendo le ciglia, incapace di sostenere il suo sguardo. Abbassò gli occhi, confusa, fissando a caso un punto oltre le sue spalle. "Hotel. Tornare a casa" ripeté come un automa.

MacLanart non mollò l'atteggiamento duro nemmeno per un attimo.

"Brava ragazza. Vede com'è semplice? Basta, discutere".

Lisa si ammutolì, troppo intimidita.

Lui si rialzò, liberandola dall'assedio. Ma la ragazza non riuscì a sciogliersi dalla posizione a riccio in cui si era raccolta per difendersi.

Lo seguì con gli occhi mentre tornava a controllare il suo fucile. Solo dopo alcuni minuti di silenzio riprese il coraggio di parlare, ma cambiando argomento.

"Il suo collega. Quando torna?"

"Arriverà per l'ora di cena".

"Dunque, dovrò passare un'altra notte qui, oppure mi porterà subito in ospedale?"

"Può fermarsi un'altra notte, se lo desidera. È fuori pericolo per l'infezione, ma la visita in ospedale è necessaria. E se resta alla stazione è solo per stare seduta in casa senza muoversi".

Lisa sospirò. Non aveva molte alternative. Tuttavia, andarsene dalla stazione le pareva come una rinuncia, una dichiarazione di sconfitta. Era riuscita a entrare nel cuore della Laguna, e aveva sottomano la possibilità di seguire il lavoro dei ranger mentre catturavano i gatti selvatici per monitorare quelli sani e quelli infetti. Poteva studiare gli effetti del contagio sugli uccelli migratori, sui roditori, sugli insetti, sugli anfibi. Un rapporto di quel lavoro, unito alle sue foto, le sarebbe valso un sicuro avanzamento al Dipartimento. E un'ottima pubblicità sulla rivista naturalistica.

Tentò una nuova carta da giocare, l'ultima che le era rimasta. Di solito, era quella che sistemava tutto.

"Lavoro per il Dipartimento dell'Ambiente. Sono una fotografa naturalista. Sono qui per effettuare un monitoraggio sulle condizioni di vita della fauna durante le situazioni critiche, come ad esempio il passaggio del tifone".

MacLanart le concesse una breve occhiata, poi rinfoderò il fucile e ripose le siringhe in un contenitore sterile, insieme alle capsule di narcotico.

Lisa, incoraggiata dal suo silenzio, proseguì a parlare di sé.

"Non partirò prima di aver portato a termine il mio reportage. Anche se il suo Comandante insisterà per farmi lasciare Kiritimati". Pronunciò il nome dell'atollo così come si scriveva.

MacLanart si lasciò sfuggire un sorrisetto.

"*Christmas*. È gilbertese. Se vuole imparare la lingua del posto deve prima imparare la pronuncia delle consonanti. *Ki* si pronuncia *c* e *ti* si pronuncia *s*".

"Sembra complicato" borbottò Lisa. In risposta il suo stomaco si annodò in un crampo rumoroso. Si premette una mano sul ventre, sprofondando nella poltrona per l'imbarazzo.

Ma l'attenzione del ranger venne distolta dall'arrivo di un rumore meccanico all'esterno della stazione.

Il rumore di un fuoristrada.

MacLanart uscì sul pontile semidistrutto, attraversando la passerella con due soli lunghi passi.

Lisa si volse, appoggiando il mento allo schienale della poltrona. Si guardò bene dal lasciare la sala, dopo la minaccia di alcuni minuti prima.

Sentì le voci dei due uomini parlottare tra loro, una breve risata, battute allegre.

Qualche attimo dopo passi diversi attraversarono la passerella e Turner entrò nella sala, sorridendo alla ragazza. Nella mano sinistra portava una sacca militare con parecchie protuberanze.

"Buongiorno. Tu devi essere Lisa".

Lei si alzò, sistemando una bretella della canotta che stava scivolando lungo la spalla, e gettò indietro i capelli.

"E tu devi essere il collega del signor MacLanart".

"*Signor*?" Turner si volse, lanciando un'occhiata alle proprie spalle. "Marin ti ha spaventato?"

"No... solo un po'." Lisa avvampò. Perché si era lasciata scappare quella stupidaggine? Mai mostrare di avere paura davanti al nemico!

Turner le si avvicinò allungando la mano in un gesto cordiale.

"Sono James, puoi chiamarmi Jim".

"Lisa. Credo che tu debba portarmi in ospedale..."

Turner annuì con un sorriso complice.

"Certo. Dammi qualche minuto per cambiarmi e posare questa roba. Poland non è lontana. Dobbiamo anche scaricare la jeep dalle provviste".

Lisa sorrise di rimando, contagiata dai modi gentili e simpatici di Turner. Ammirò compiaciuta i lineamenti aristocratici della mascella, il taglio languido degli occhi scuri come il velluto, i ricci neri perfettamente tagliati. Era di poco più alto di lei, ed emanava un'energia positiva nella stretta della mano che richiuse la sua.

Quel tipo le dimostrava più condiscendenza di

MacLanart. Con un po' di fortuna poteva convincerlo a farle fare un giro lungo per arrivare a Poland, per darle la possibilità di prendere appunti.
L'idea le accese una lampadina nel cervello.
Ritirò in fretta la mano.
"Allora ne approfitto per dare uno sguardo alle foto che ho scattato, intanto che ti aspetto. Si può usare il computer? La batteria della mia reflex è completamente scarica".
"Certamente. Funziona con il generatore". Turner scomparve nella propria stanza con la sua sacca.
Lisa accese il computer, e stupidamente si ricordò che l'apparecchio era rimasto in camera da letto, sul pavimento dove l'aveva lasciato quando MacLanart l'aveva portata alla stazione.
Entrando dalla porta rimase abbagliata per qualche istante.
Il ranger aveva tolto le imposte di legno dalla parete di fondo, e il sole, riflesso sulla superficie della laguna, entrava di prepotenza nella stanza inondandola di luce, attraverso le vetrate scorrevoli. Arabeschi mobili giocavano sui muri e sulle carte geografiche, mentre il pontile semidistrutto permetteva all'acqua di riverberare la luce in maniera prepotente. La vista sulla spiaggia devastata, che si incuneava oltre l'orizzonte, rovinava il magnifico panorama che doveva apparire a ogni alba che sorgeva a Benson Point.
Lo scrosciare dell'acqua la riportò al presente. La porta del bagno aperta lasciava sfuggire le volute di vapore che si libravano dalla doccia. Gli abiti di Turner giacevano abbandonati sul letto, completamente rifatto e con le lenzuola pulite.
Lisa stava per fare un passo indietro, rendendosi conto di essere stata ospite nella stanza di Turner. Ma quella ormai non era più la sua stanza, doveva andarsene subito, prima che il ranger la

sorprendesse a curiosare. Afferrò la custodia della reflex al volo e scappò nella sala.

Un attimo troppo tardi.

MacLanart, una cassa di bottiglie di birra in entrambe le mani, fermo in mezzo alla sala, la guardò sgattaiolare fuori dalla camera come una ladra.

Lisa si pietrificò dove si trovava. Sarebbe voluta sprofondare. Pregò che l'imbarazzo non si notasse troppo sul viso arrossato dalla scottatura, e mostrò la custodia della reflex come avrebbe potuto fare un bambino sorpreso a giocare con qualcosa di proibito.

"Vorrei guardare le foto, intanto che Jim... Turner, si prepara per portarmi a Poland..."

Lo sguardo chiaro di MacLanart avrebbe potuto incendiare una foresta, mentre la soppesava con un'espressione carica di sarcasmo.

Lisa si affrettò a raggiungere la postazione informatica senza aggiungere una parola.

Sentì MacLanart posare le casse sul tavolo e uscire di nuovo.

Qualcosa le si mosse dentro, un senso di incomprensione che le diede un po' fastidio. Non sapeva per quale motivo, ma teneva a dare a quell'uomo una buona impressione di se stessa. Probabilmente in quel momento stava pensando che si era intrufolata nella stanza di Turner per sbirciare.

Sfilò la scheda di memoria e la inserì nell'adattatore, collegandolo a un ingresso USB del computer. Quando apparve la finestra di collegamento alla scheda aprì la cartella delle immagini e le fece scorrere, sedendosi sulla poltroncina.

Fiori, piante, animali, panorami, scorci della spiaggia e di Main Camp, angoli della laguna.

Il fuoristrada di Fischer. Una foto dell'uomo

mentre scrutava l'orizzonte con un binocolo, il fucile imbracciato.

"Quando ha scattato queste foto?"

Lisa sobbalzò per lo spavento. Alzò il viso e scorse MacLanart alle sue spalle a braccia incrociate, che fissava le immagini sullo schermo. Aveva un'espressione dura, la mascella contratta come nel tentativo di trattenere una furia tenuta sotto controllo.

"Il giorno che sono arrivata. Prima che Fischer mi abbandonasse nella laguna". Lisa rifletté un attimo, sorpresa. "Pensa che possano servire al suo Comandante?"

MacLanart sembrò soppesare alcune considerazioni, prima di distogliere gli occhi dalle immagini e volgersi verso di lei.

"Fischer è un cacciatore di frodo. Sono anni che tentiamo di coglierlo in flagrante. Ha un passato poco pulito nella Legione Straniera francese, è stato radiato con disonore. Si è trasferito nelle Line Islands per sfuggire alla legge di un paio di stati, e sopravvive di espedienti". Le indicò il fucile che l'uomo imbracciava nella foto. "Questa è una carabina da caccia leggera. Serve per sparare ai migratori. Gli artigiani di Kiritimati cercano il piumaggio di alcuni uccelli protetti, come il Fetonte Codarossa, per fabbricare i souvenirs. Siccome la richiesta supera la disponibilità, non si accontentano di raccogliere le penne di uccelli morti o divorati dai felini. I cacciatori come Fischer suppliscono alla richiesta abbattendo gli uccelli senza permesso, fuori dalle zone di caccia. Questa foto lo inchioda. Per quale motivo avrebbe dovuto trovarsi nella laguna con una carabina, l'evacuazione in corso e il divieto di caccia? La sua testimonianza completerà l'accusa".

Lisa si sentì improvvisamente salire dentro una grande soddisfazione. Aveva le prove per incriminare quell'uomo.

MacLanart le indicò le foto.

"Le salvi in una cartella sul desktop. Turner le porterà a London domani. Credo che si sia guadagnata qualche punto nella considerazione del mio capo. Forse non la caccerà così presto da Kiritimati".

Lisa si raddrizzò di colpo, spalancando gli occhi in un rinnovato entusiasmo.

"Vuole dire che posso mercanteggiare per restare sull'atollo qualche giorno? Se al Dipartimento sanno che ho partecipato all'indagine per la cattura di un delinquente potrebbero riconsiderare la mia posizione e alzarmi di livello. Potrei accedere al concorso per ispettori!"

MacLanart non sembrava essere contagiato dal suo entusiasmo. La scrutò per qualche istante, gli occhi stretti in due fessure.

"Avevo capito che fosse già un ispettore".

Lisa si sentì salire l'imbarazzo al viso. Non aveva voluto mentire, era solo stata fraintesa.

"Sono assunta come fotografa e reporter. Lavoro per l'Australian Biological Resources Study, una sezione del Dipartimento che si occupa delle pubblicazioni scientifiche. Ma le mie qualifiche sono superiori al ruolo di semplice fotografo naturalista. Mi sono dovuta accontentare, non è facile entrare nel Dipartimento come ispettore".

MacLanart non commentò. Girò su se stesso, uscì e riprese a scaricare il fuoristrada dalle vettovaglie che Turner aveva portato da Banana.

Lisa lo seguì trottandogli dietro come un cagnolino.

"Per il momento mi devo accontentare. Non è un vero e proprio lavoro, diciamo che sto cercando di farlo diventare la mia occupazione principale".

"Perdendosi nelle lagune e mettendosi a carico della pazienza dei guardia-parco?" MacLanart sollevò una cassa dalla jeep e la posò sulle assi instabili di quel che restava del pontile, davanti all'ingresso della stazione.

"No!" la risposta di Lisa uscì con un gridolino infervorato e stizzito. "Non capisce. Per me è molto importante questo servizio. Un conto è essere bravi fotografi, un altro è riuscire a dimostrarlo con un reportage scientifico unico nel suo genere. Io so di essere brava, di avere talento. E questa è la mia occasione per sfondare".

MacLanar le girò attorno, poiché lei pareva inchiodata alla soglia dell'ingresso, depose borse e sacchetti sul tavolo, tornò verso la veranda e uscì a prendere il resto.

Lisa si sedette sul bracciolo del divano, attendendo di vederlo rientrare. Le foto sullo schermo erano entrate in una funzione di slide-show automatica e si alternavano una dopo l'altra, ricordandole l'impegno e la passione con cui le aveva scattate. Dopo due minuti decise che poteva continuare a perorare la sua causa anche di fuori, perciò lo raggiunse sul pontile.

"Oltretutto il Dipartiment... Uh!"

"Attenta!"

"Oddio!" Lisa si bloccò dov'era, in bilico su un piede, tese le mani per evitare l'impatto con la scatola che MacLanart sorreggeva e la usò per aggrapparsi. Perse l'equilibrio e inciampò nei propri piedi, un istante prima che lui mollasse una mano dalla scatola per afferrare la sua.

"Hiiii!"

Una nuvola d'oro oscurò la vista a MacLanart, poi un gran groviglio di mani, braccia e gambe, barattoli e vasetti di marmellata, e il colpo tremendo sull'assito della veranda, dietro la schiena.

Una serie di piccoli tonfi decretò che l'intero contenuto della scatola stava rotolando e precipitando nell'acqua della laguna, seguiti infine dall'impatto sordo del contenitore con il fondale.

Spruzzi d'acqua salmastra accecarono Lisa, mentre tentava disperatamente di sciogliersi dalle braccia di MacLanart, il quale dal canto suo cercava di evitare che lei cadesse in acqua insieme ai barattoli.

La ragazza si agitò nel tentativo di svincolarsi, puntando le mani sul petto del ranger per staccarsi e mettersi seduta.

MacLanart si sentì sfuggire la presa dal corpo morbido e caldo, comprendendo che quel movimento avrebbe rotto il precario equilibrio che aveva evitato di farli cadere dal pontile all'impatto con le tavole.

"Non si agiti!"

Non fece in tempo ad afferrarla meglio, sentendogli scivolare tra le dita le bretelle della canotta troppo grande che indossava la ragazza. Strinse la presa in un ultimo disperato tentativo di trattenerla, un istante prima di vederla scivolare fuori dalla canotta e precipitare oltre il bordo dell'assito.

Un tonfo fu accompagnato da una cascata d'acqua e alghe che si abbatterono sul pontile, sommergendo MacLanart.

Si strofinò il volto con la stoffa di cotone elastico, rimettendo a fuoco la vista. Così si rese conto che teneva in mano la canotta, senza più il suo contenuto umano.

"Ma porca...!"

"Aiuto!"

MacLanart si sporse dall'assito, tendendo le braccia alla donna che riemergeva dall'acqua con il viso infuriato e i capelli pieni di alghe, un mezzo metro sotto di lui.

"Mi dia le mani! La tiro su".

"Quella è la mia canotta!" protestò Lisa, con

un'espressione tra l'indignato e l'offeso, tentando di nascondersi il seno con le braccia incrociate.

MacLanart lanciò un'occhiata sbieca all'indumento, abbandonato sul bordo del pontile, e che penzolava oltre di esso.

"Pare di sì" tornò poi a scrutarla con una certa insofferenza per il suo imbarazzo. "Non sia sciocca, non è la prima volta che vedo una donna nuda. Non credo che lei abbia qualcosa di diverso dalle altre".

"Che diavolo succede qui fuori?" Turner si avvicinò a MacLanart, attirato dalla confusione e dalle grida della ragazza. Aveva infilato in fretta i calzoni della divisa, e gettato al collo una salvietta. "Che ci fai lì sotto?" si sporse a guardare la ragazza, la quale si abbassò con il mento a livello della superficie dell'acqua per nascondersi.

Lisa aprì la bocca per protestare, ma MacLanart la prevenne, rivolgendosi al collega.

"Vai a prendere un accappatoio, un asciugamano".

Turner si stampò un sorriso divertito sul volto abbronzato, e tornò dentro la stazione per recuperare gli indumenti. "Poi mi spiegate a che gioco state giocando, e perché non sono stato invitato".

MacLanart evitò di rispondergli, perché non lo reputava degno di ricevere spiegazioni, e tese di nuovo le braccia alla ragazza.

"Se non vuole restare a mollo nell'acqua salata le conviene farsi aiutare".

Lisa soppesò le sue parole. In effetti, MacLanart le aveva detto di essere un medico. Doveva superare quello stupido imbarazzo, ingoiare l'umiliazione di dover dipendere dal suo aiuto per uscire da quella scomoda situazione e sopportare l'idea che la vedesse senza niente addosso, a parte i calzoni, che gonfi d'acqua la trascinavano sotto.

Non vedeva appigli attorno a sé. La sponda del

terreno era una parete dritta, scavata dalla marea, un ammasso di terra franosa che non permetteva un ancoraggio sicuro alle sue dita per potervisi aggrappare, e le tavole del pontile erano troppo alte. Le restavano solo le due mani tese del ranger.

Ma come era riuscita a cacciarsi in quella situazione penosa, in balia di due perfetti sconosciuti?! Da tre giorni sembrava che tutto stesse vorticando in un turbine di disagi, uno dopo l'altro. Lei che si era sempre vantata di sapersi arrangiare da sola in ogni situazione. Se l'avesse vista suo padre in quel momento le avrebbe fatto una ramanzina con i fiocchi e l'avrebbe spedita a spalare il letame nelle scuderie.

Decise che l'unico modo per affrontare il problema fosse quello di affidarsi al destino. Chiuse gli occhi e allungò le braccia.

Due morse le chiusero i polsi, e una forza improvvisa quanto inaspettata la sollevò come fosse stata un fuscello. Un istante dopo, prima ancora di toccare le tavole del pontile con le ginocchia, mani forti e premurose le avvolsero una spugna morbida attorno al corpo. Una salvietta le calò sul capo per tamponare la cascata d'acqua che si liberò dai capelli.

Riemerse dal telo, ammiccando. Il sorriso di Turner, gli occhi di velluto, furono le prime cose che le apparvero di fronte.

"Grazie". Tolse dal viso alcune ciocche appiccicose e un'alga marrognola. "Adesso però devo fare un vero bagno. Non voglio arrivare in ospedale in questo stato".

Il ranger annuì, aiutandola a rialzarsi.

Solo in quell'istante Lisa si accorse che MacLanart non era più accanto a lei. Guardandosi attorno vide che era tornato a occuparsi delle provvigioni da scaricare, come se nulla fosse accaduto.

"Vieni". Turner la prese per mano, aggiudicandosi il diritto di trattarla con più confidenza di prima. "Il bagno di Marin è più in ordine del mio. E ha una vasca dove potrai metterti a mollo finché vorrai. Io intanto preparo qualcosa da mettere sotto i denti, poi andiamo a Poland".

"Non faremo troppo tardi? L'ospedale avrà un orario per le visite".

"Il campo medico è gestito dalle suore. Accettano i pazienti a qualsiasi ora. Con il fatto che Kiritimati è un atollo di pescatori, spesso capitano problemi anche di notte, di ritorno dalla pesca".

"Allora sì, mangerei volentieri qualcosa prima di partire".

Lisa scrutò di sottecchi MacLanart che risaliva la passerella, oltrepassandoli per entrare in casa con altre due scatole di roba, ignorandoli come se fossero stati trasparenti.

Dato che lui non protestò per quel cambio di programma lo prese come un consenso.

Sembrava, anzi, che si fosse totalmente dimenticato della sua presenza.

Dopo tutto l'imbarazzo e l'umiliazione che aveva subito, Lisa si sentì in un certo senso offesa per quella mancanza di considerazione.

Se si era aspettata qualche commento sarcastico per la situazione comica che era appena accaduta, o un apprezzamento poco fine verso il suo corpo, dovette rimanere delusa.

Sembrava che quell'uomo fosse insensibile al fatto di avere intorno una donna.

Quello avrebbe dovuto rassicurarla. Invece la infastidì. Non era abituata a essere così palesemente ignorata da un rappresentante del sesso forte.

Turner la trascinò in casa e la spinse verso la camera di MacLanart.

"Il bagno è da quella parte. Fai con comodo. Ti

porto qualcos'altro da indossare... che sia anche difficile da sfilare, possibilmente".

Lisa avvampò, ignorando l'occhiata maliziosa con cui Turner chiuse la porta della camera.

Avrebbe voluto scavarsi una fossa nel pavimento e sparire per sempre.

Invece sfilò lentamente i calzoni abbandonandoli appena fuori dalle vetrate aperte, sulle tavole dissestate del pontile, per non bagnare il pavimento di parquet. Avvolta nell'accappatoio si infilò velocemente nel bagno e si chiuse dentro.

Turner aveva ragione. Il vano era più grande dell'altro, e aveva accessori diversi, come se fosse stato arredato personalmente dal proprietario. Biancheria blu, armadietti azzurri, piastrelle di un bianco perlaceo, sanitari con le rubinetterie cromate. Aleggiava un vago profumo di colonia, riconducibile a una boccetta posata sulla mensola dello specchio. Non vi era in giro altro. Come se fosse stato un ambiente destinato a ricevere ospiti. Due applique dal vetro azzurrato abbassavano l'intensità della luce, diffondendo un chiarore crepuscolare che non offendeva gli occhi e invitava a rilassarsi.

Girò i rubinetti della vasca per riempirla, e intanto cercò negli armadietti il bagnoschiuma e un pettine per districare la massa informe che era diventata la sua capigliatura.

* * *

Quando si fu rivestita raggiunse la cucina, in cerca dei suoi ospiti.

L'ingresso era deserto.

Sul tavolo vi erano tre posti apparecchiati alla bene e meglio. Portavano le tracce del passaggio di due frettolosi commensali: tovaglioli di carta appallottolati, piatti di plastica con i resti di una cena a base di carne alla griglia, bottiglie di birra vuote. Il terzo posto aveva un piatto ancora pieno sul quale ne era stato capovolto un altro per proteggere il contenuto dalle mosche. Nell'aria aleggiava un fantastico profumo di arrosto, olio, spezie, e altre cose indefinibili ma succulente.

Lisa si sedette, divorando voracemente la sua cena. Non ricordava di aver mai apprezzato tanto un piatto di costolette e salsicce. Si scolò la birra che le avevano lasciato, anche se nel frattempo si era un po' scaldata.

Si sentivano voci provenire dall'esterno, insieme al grido lontano di uccelli che passavano in volo sopra la laguna, portato dal *Trade-wind*.

Le prese un improvviso senso di solitudine. Sapeva di essere un ospite indesiderato, ma una piccola parte del suo io orgoglioso aveva sperato che l'aspettassero per cenare insieme con lei.

Poi ricordò a se stessa che non era in un albergo, ma in una stazione di ranger dove la gente abitava lì per lavoro.

Non volle infilare i mocassini, anche se sapeva di rischiare di prendere un chiodo esposto. Aveva scoperto un piacere insospettato nel sentire sotto i piedi il calore assorbito dalle tavole del pontile durante il giorno.

Girò attorno alla casa, rendendosi conto che il sole stava tramontando dietro le poche palme da cocco rimaste in piedi. Una girandola di nubi sfilacciate si allargava puntando verso ovest, niente altro che il ricordo della tempesta che si era scatenata la notte prima.

Trovò i due ranger che stavano caricando le custodie di alcuni attrezzi sul fuoribordo.

Turner la salutò con un sorriso, venendole incontro.

"Dovremo rimandare la nostra partenza a domani mattina. Marin deve dare la caccia a quel gatto che ti ha morso, perciò per stanotte non posso muovermi dalla stazione".

La oltrepassò, sfiorandole come in modo casuale la spalla destra con una mano. L'occhiata intensa con cui la gratificò lasciò perplessa Lisa.

"Va bene".

Attese che Turner sparisse dietro l'angolo della stazione, poi si avvicinò al fuoribordo.

"Volevo scusarmi per prima. Di solito non sono così goffa".

MacLanart, piegato sopra le sacche dell'attrezzatura, si volse brevemente a guardarla, poi tornò a legare con nodi stretti i manici delle custodie.

"È stato un incidente".

Lisa si rese conto che diventava sempre più difficile instaurare un rapporto di comunicazione con quell'uomo. Era evidente che non gli era simpatica. Incrociò le braccia sul petto, un po' infastidita dal contatto della stoffa grezza della camicia a mezze maniche contro la pelle nuda. Aveva dimenticato di sciacquare la biancheria che aveva lasciato a mollo nel lavabo del bagno di Turner, e fino al giorno dopo non sarebbe stata asciutta.

Cercò un argomento che potesse aiutarla a trovare un punto di comune accordo con il ranger, perché aveva avuto l'impressione che fosse di grado superiore a Turner, o che avesse una sorta di autorità, e perciò dipendeva da lui la sua permanenza di almeno un'altra notte alla stazione.

"Mi piace il suo lavoro". Era la tattica migliore per far parlare qualcuno: mostrarsi interessati. "È bello sapere che esiste gente come lei che protegge gli animali nelle oasi e che è sempre pronta a intervenire in caso di pericolo..."

MacLanart tornò a guardarla, fermandosi un attimo. Lisa si sentì improvvisamente a disagio sotto l'esame di quello sguardo severo e ipnotizzatore che pareva catturare lo splendore dei raggi della luna.

"... Se qualcuno dovesse perdersi o venire aggredito dagli animali selvatici..." la voce le morì in un bisbiglio inudibile.

Per qualche minuto pensò, sperò, che non l'avesse sentita. La marea sbatteva onde lunghe contro la spiaggia corallina, con un rumore sordo di risacca.

"Davvero lo trova così eccitante?" MacLanart rise quasi fra sé, come se la ragazza avesse detto una tremenda stupidaggine. "Io ho un concetto decisamente diverso del mio mestiere, signorina".

Lisa raddrizzò le spalle e sostenne lo sguardo irridente, facendosi seria.

"Deve ammettere che è pericoloso!"

"Non ho mai affermato il contrario. È lei che si confonde". MacLanart riprese il suo lavoro, trascinando nello scafo le fodere dei fucili che giacevano sul pontile. "Fare il ranger non è eccitante. Eccitante è scoprire una nuova specie, liberare i delfini dalle reti dei pescatori di tonni, assistere alla schiusa delle uova di tartaruga. Oppure pescare una bella donna dispersa nella laguna, doverla ospitare per forza perché l'alternativa è abbandonarla in un tifone... e sentirla infilare un numero infinito di sciocchezze su un mestiere che non conosce solo per..." si levò i capelli dagli occhi in un gesto distratto, tornando a sistemare le armi in una cassa di metallo e serrandola con un lucchetto. "... mi piacerebbe proprio saperlo".

Lisa si sentì defluire il sangue dal viso, ma non si lasciò smontare facilmente.

"Parlavo sul serio, signor MacLanart. E volevo solo fare un po' di conversazione".

"Non sprechi il suo tempo con me, allora. Io non sono un letterato di New York che imbastisce frasi fiorite sulle previsioni del tempo. Le assicuro che questo lavoro non mi eccita per niente".

Lisa cambiò posizione alle gambe, spostando il peso prima su una e poi sull'altra. Cacciò via una zanzara, infastidita dall'indifferenza di quel tipo.

"Come vuole. Me ne torno in casa. Ma non venga a cercarmi per altre storie su Fischer. Lei è un selvatico, o meglio un selvaggio. Non ha neppure idea di cosa siano le buone maniere. E le assicuro che i selvaggi non mi hanno mai... eccitato!"

"Non le credo" un sorriso asimmetrico si affacciò sul volto di MacLanart per qualche istante.

Lisa lo fissò indispettita, poi arrossì violentemente. Quell'uomo aveva la capacità di leggerle nel pensiero?

"Come fa a dire..."

"Shh..." MacLanart le fece cenno di tacere e le indicò un uccello dalle piume bianche e la lunga coda rossa che sorvolava a pelo d'acqua la superficie della laguna.

Lisa tacque di colpo e seguì il volo meraviglioso, il lento battito d'ali come una danza, leggero e inudibile. Poi l'uccello lanciò un grido acuto e straziante che squarciò il crepuscolo, si tuffò, afferrò la preda, riemerse e si alzò sopra le piante scomparendo oltre una macchia di heliotropium.

Lisa rabbrividì, il respiro corto e il cuore che scoppiava dall'emozione. Si volse allora verso MacLanart.

Lui stava seguendo con un binocolo il volo ormai lontano del Fetonte Codarossa.

"Me ne avevano parlato, ma non pensavo fosse così..."

MacLanart la guardò, forse per la prima volta, con un'espressione molto seria.

"Perché lei arriva da un mondo artificiale. Qui non ci sono trucchi cinematografici e animali addestrati per dare spettacolo ai villeggianti. Questa è veramente l'oasi, tutto quello che i giornalisti non raccontano perché non attirerebbe i turisti. È questo che noi proteggiamo, non i pappagalli addomesticati nei negozi di souvenir o le vasche dei pesci all'acquario, ma questi animali che chiedono solo di vivere in pace secondo i loro istinti. Se gli uomini facessero come loro, avrebbero molti problemi in meno da risolvere".

Lisa si accorse di aver stretto le mani in pugni, irritata dal tono saccente e pretenzioso del ranger. Con uno sforzo tentò di mantenere la calma, e le uscì una voce roca.

"Intende dire se vivessero anche loro come animali selvaggi?"

MacLanart scosse la testa.

"Io ho un concetto personale a proposito di vita selvaggia, e non credo che lei lo possa concepire".

"Provi a spiegarmelo" lo sfidò apertamente Lisa. "Mi piacerebbe capirlo".

"Trovo selvaggio lavorare a una catena di montaggio, guidare un'auto all'ora di punta o assistere a una partita di campionato in mezzo a settantamila persone sotto la pioggia battente. E anche rimpinzarsi di cibi alterati geneticamente provenienti da allevamenti industriali diretti da gente senza scrupoli".

"Ma questo fa parte della civiltà" protestò la ragazza seccata, anche se dentro di sé gli dava ragione. Ma era animata da un chissà quale istinto contradditorio che la spingeva a contestare le sue considerazioni. "Lei rinnega la civilizzazione?"

"Non solo, la condanno. E se lei resterà qui per più di quattro giorni, al suo ritorno nella sua adorata civiltà si troverà molto male. Glielo assicuro".

"Cosa glielo fa pensare?"

MacLanart la squadrò da capo a piedi con un'occhiata saccente.

"Camminerebbe mai a piedi scalzi sui marciapiedi di Sidney? Mangerebbe con le mani la carne servita in un ristorante? Avrebbe il coraggio di farsi una nuotata nel laghetto del parco cittadino?"

Lisa ammutolì, sconfitta dall'evidenza di quel discorso.

"No, non lo farei" ammise, dopo un po'.

"Vede? È qui da due giorni e già la civiltà le è insopportabile. Imparerà a rinnegarla come ho fatto io, se non si sbriga a rientrare e andare a dormire. Domani l'aspetta una giornata lunga al campo medico".

Lisa annuì suo malgrado. Era stata battuta dal suo stesso atteggiamento.

"Ha ragione. Ma prima mi dica perché ha scelto questo mestiere. Mi ha detto di essere un medico. Qui non ha molte possibilità di esercitare la professione, a meno che non vada a lavorare al campo medico".

MacLanart gettò un telo su tutte le attrezzature, e lo fissò ai lati dello scafo facendo passare una corda tra gli occhielli e il passamano.

"Chirurgo". Notando il disorientamento negli occhi castani della ragazza, MacLanart ripeté la risposta. "Ero un chirurgo".

Lisa si animò. Finalmente era riuscita a strappare qualcosa sul passato del ranger.

"Ah sì? E in cosa era specializzato?"

"Animali".

Lisa rimase interdetta. Doveva aver capito male.

"Ah. Allora era un veterinario".

"Animali *umani*." Le parole uscirono quasi con disgusto dalle sue labbra. MacLanart la scrutò con un sorriso storto. Quell'espressione che Lisa stava imparando a interpretare come l'anima cinica che il ranger mostrava in pubblico.

Non si fece intimidire, sostenendola con

un'occhiata di sfida.

"Si prende gioco di me?"

"Niente affatto. Chiamo le cose con il loro nome. Il mestiere di cardio-chirurgo mi dava l'idea di essere onnipotente, di avere il controllo sulla vita o la morte di un paziente, con considerevole spostamento di denaro dalle sue tasche alle mie. La maggior parte delle volte li consideravo cavie da laboratorio, sulle quali sperimentare le nuove tecniche di chirurgia e le nuove apparecchiature. Il paziente avrebbe pagato qualunque cifra per poter prolungare la propria vita, per avere la precedenza su altri che necessitavano l'impianto di un nuovo cuore, soprattutto se il chirurgo che operava era il migliore in tutta l'America. E non sbagliava mai".

Lisa ascoltava in silenzio. La sera stava cancellando lentamente i lineamenti e le forme dal volto dell'uomo. Ormai faceva fatica a distinguerlo. Le scorse un brivido lungo la schiena, una sensazione di disagio causata dall'espressione vuota di qualunque sentimento che mostrava MacLanart. Anche mentre terminava di fissare la copertura sul motoscafo, i suoi occhi sembravano perdersi in un ricordo lontano, che era riaffiorato per qualche istante. Era successo qualcosa in quel ricordo.

Prese un respiro profondo, di nuovo sopraffatta dalla sensazione di essere un'intrusa.

"Come mai ha abbandonato quel mestiere, allora, se le portava ricchezza e onnipotenza? Perché si nasconde su questo atollo a fare il ranger?"

MacLanart sembrò staccarsi dai propri lugubri pensieri, e le lanciò un'occhiata irridente.

"Perché le donne lo trovano eccitante" rise allegramente alla sua stessa battuta, lasciando Lisa furiosa e delusa.

Dopodiché staccò gli ormeggi, avviò il motoscafo e salutandola con un cenno della mano si allontanò dalla costa verso il centro salmastro della laguna, dove tranquilli isolotti di sabbia fungevano da rifugio notturno per la fauna selvatica.

Segreti

La notte fu estremamente calda. Distesa sul letto, Lisa aveva gettato in fondo ai piedi le lenzuola, facendole seguire subito dalla camicia che voleva usare da pigiama. Si era chiusa dentro, nella camera lasciata libera da MacLanart, e ora se ne stava sciolta e grondante con gli occhi fissi al soffitto.

Dalla vetrata spalancata entravano i profumi salmastri della laguna e il ronzio degli insetti notturni, accompagnati dal ritmo costante delle onde lunghe che s'infrangevano sulla sabbia. La luna si specchiava sulla superficie dell'acqua e creava nella stanza giochi di luce e ombre mobili come quelle di un caleidoscopio.

Nella testa le vorticavano le ultime parole di MacLanart, e si continuava a ripetere che le aveva raccontato delle frottole. Un uomo non s'imbarcava per un'isola sperduta nel Pacifico solo perché il mestiere che aveva scelto eccitava le donne. Eppure c'era un fondo di verità: lei era molto attratta dalla vita libera che si conduceva sull'atollo e soprattutto dal lavoro dei rangers.

Ma era anche molto affascinata da MacLanart, doveva ammetterlo, anche se non sopportava il suo modo di fare pretenzioso.

Poche ore prima, sul pontile, lo avrebbe volentieri schiaffeggiato. Però non aveva avuto scelta, non poteva andarsene da sola piedi fino a Poland.

MacLanart era partito con il fuoribordo per la ricognizione notturna. Turner le aveva detto di usare la stanza del collega per dormire, e si era chiuso nella sua per stendere un lungo rapporto sui danni riportati nelle piccole comunità indigene che aveva attraversato durante quei due giorni di tifone.

Non le era rimasto altro da fare che rivedere le sue foto sullo schermo del computer, poi si era decisa a riposare un po', anche se il caldo si era intensificato al punto da rendere soffocante la stanza.

Aveva chiesto se fosse possibile accendere l'aria condizionata, ma Turner le aveva risposto che il sistema elettrico della stazione era alimentato da un generatore a carburante che era al livello minino, sufficiente appena per scaldare l'acqua del bagno e tenere le luci accese ancora un giorno. Anche per quel motivo doveva andare a Poland il giorno successivo, serviva la scorta di carburante.

Perciò aveva dovuto rinunciare al fresco artificiale e accontentarsi dell'aria calda che entrava dalla laguna mossa dal ventilatore a pale sul soffitto, rinfrescandosi il viso e le braccia con una pezza bagnata.

A intensificare il disagio, l'effetto dell'iniezione di antibiotici la rendeva esausta. Ne aveva ancora per due giorni, per essere sicura di essere definitivamente fuori dall'infezione. MacLanart le aveva lasciato due siringhe sul comodino, insieme alle capsule di antibiotico, con un biglietto e le istruzioni perentorie su come e quando iniettarlo.

Si volse su un fianco, cambiando posizione del viso sul cuscino. Aspirò un fresco profumo di colonia che le inebriò i sensi, lo stesso che aleggiava nel bagno.

Per una notte ancora poteva crogiolarsi nella fantasticheria che avrebbe anche potuto dividere quel cuscino con il suo proprietario, se solo fosse stato un po' meno arrogante, e lei un po' meno goffa e sciocca.

**

Il mattino dopo la svegliò il grido di un uccello acquatico e lo sbatter delle ali sullo stagno.

Intontita, si levò a sedere e si guardò attorno. Per

un attimo non capì dove si trovava, non riconosceva la stanza.

Poi le tornò la memoria di colpo: era a Kiritimati, persa in una stazione di rangers armati fino ai denti, tagliati fuori dal mondo.

Fece una smorfia di disgusto. Aveva la pelle appiccicosa a causa del caldo patito durante la notte, gli occhi gonfi, e un insetto doveva essere passato attraverso la zanzariera applicata alle vetrate pizzicandola ovunque.

Il braccio dove il gatto selvatico l'aveva morsa era intorpidito dalla benda troppo stretta che si era legata da sola, troppo orgogliosa per chiedere aiuto a uno dei due uomini.

Aveva voglia di brioche e cappuccino caldo, voleva la sua parrucchiera e la manicure, e sentire la seta fresca di un abito di marca scivolarle addosso al posto di quella canottiera fradicia di sudore che aveva usato per dormire.

Dormire, che parola grossa!

Le sue amiche a Sidney avrebbero trovato tutto quello molto entusiasmante. Lei si rifiutava di credere perfino che fosse una situazione reale.

Gettò sul letto la canottiera e si infilò la camicia mimetica, che le nascose le forme generose, annodandola sotto il seno con un paio di nodi stretti.

Cercò di fare mente locale.

Doveva rassettarsi, raccogliere le sue poche cose e salire sul fuoristrada di Turner, che l'avrebbe portata al campo medico di Poland.

Il ritorno alla civiltà, almeno sperava, le avrebbe calmato la claustrofobia improvvisa che le aveva serrato la gola al pensiero di restare in quel posto dimenticato da Dio ancora per un giorno.

Si sciacquò la faccia con l'acqua fresca, trovando un poco di sollievo, indossò i calzoni che le aveva prestato Turner, di qualche misura più grande, fissandoli stretti in vita con una cintura provvisoria, ed evitò di guardarsi allo specchio. Non voleva sapere come le stavano quegli abiti non suoi. In quel momento odiava tutte le superfici riflettenti.

Si diresse risoluta nella sala e trovò Turner che stava riponendo con cura meticolosa i barattoli delle provvigioni che aveva portato il giorno prima.

"Jim?"

L'uomo si volse di scatto e poté notare il suo stupore volgersi in un lampo di ammirazione.

"Lisa, buongiorno! Che deliziosa visione per un povero ranger su un atollo semideserto!"

"Lascia perdere le visioni. Io sono pronta, devo solo recuperare la mia reflex. Possiamo partire subito".

Turner annuì lentamente, facendole scorrere addosso lo sguardo come se la vedesse senza nulla addosso.

"Sono a tua disposizione. Per qualunque cosa".

"Ti ringrazio. Un passaggio al campo medico è più che sufficiente".

"Il braccio come va? Ti fa ancora male?"

Lisa rispose con una smorfia e un'alzata di spalle.

"Mi da più fastidio la scottatura. Non ho trovato la pomata che mi aveva spalmato MacLanart".

Sfiorò le braccia arrossate, chiedendosi come avrebbe potuto togliere i segni di quella scottatura, una volta ritornata in albergo. La pomata aveva calmato il bruciore, ma la pelle si era scurita molto. Avrebbe dovuto fare una lampada integrale per pareggiare l'abbronzatura. Ma temeva che sull'atollo non vi fossero centri estetici attrezzati per quelle raffinatezze. Si doveva accontentare di prendere il sole almeno un paio di volte con un bikini ridotto al minimo.

"Prova a guardare nella cassetta del pronto soccorso. Tiene lì tutti i medicinali".

Turner le indicò il contenitore bianco con la croce rossa posato su uno scaffale accanto alla rastrelliera dei fucili.

Cercò fra il contenuto se vi fosse qualcosa di utile, e trovò la pomata a base di nitrato d'argento.

Si diede della stupida, mentre ne stendeva uno strato sottile sulle braccia e sul viso. Se fosse stata un po' meno orgogliosa, e avesse chiesto la pomata la sera prima, non avrebbe passato la notte insonne.

Con un po' di fortuna, nel giro di poche ore la scottatura sarebbe finalmente passata.

"Sei pronta? Vorrei partire subito. Non sono ancora stato a Poland, non so cosa troveremo".

"Pensi che il tifone abbia fatto molti danni anche lì?"

"La tempesta è arrivata da quella direzione, era il villaggio più esposto. Le comunicazioni sono interrotte da tre giorni, è probabile che abbiano perso l'antenna radio".

"Ma non hanno un collegamento satellitare?"

"Kiritimati è una piccola comunità, non si possono permettere di pagare l'installazione di radiofari di telecomunicazione. Si devono appoggiare a reti satellitari hawaiane piuttosto costose, lusso che si concedono solo i turisti, se portano con loro un sistema GPRS".

"Ho lasciato il mio blackberry nella borsa sul fuoristrada di Fischer". Lisa trattenne un'imprecazione. Ogni volta che ripensava a quell'uomo le saliva il sangue agli occhi. "Una volta arrivata a Poland, come posso tornare a London?"

"London è stata devastata dal tifone". Turner le pose sul tavolo una tazza di caffè e un pacchetto di fette biscottate con la marmellata. "Per quale motivo vuoi tornare là? Sarebbe meglio se ti portassi all'aeroporto e aspettare che si liberi un posto sul primo aereo per Honolulu".

"Ho lasciato il mio computer portatile e la valigia

al Capitan Cook Hotel". Lisa si lavò le mani nel lavello, poi si sedette per bere il caffè prima che si raffreddasse.

Turner annuì, comprendendo le sue necessità.

"Possiamo fare un salto all'Hotel per ritirare la tua roba. E sentire se possono ospitarti. Però dovrai accontentarti. Non so se hanno ripristinato l'energia elettrica e la fornitura di acqua potabile".

Lisa recuperò una qualche speranza.

"Non lascio l'atollo. Sono qui per eseguire uno studio sulla fauna locale, un impegno di lavoro, non un passatempo. Mi adeguerò".

"Marin mi ha detto che lavori per il Dipartimento dell'Ambiente, ma è stato molto vago. Se ti serve aiuto, chiedi pure".

Lisa rimase con la tazza di caffè a mezz'aria, stupita dall'offerta.

"Avevo chiesto a MacLanart se poteva accompagnarmi un po' in giro, ma si è rifiutato. Pensavo fossi della stessa idea anche tu".

Turner rise, divertito dalla sua espressione disorientata.

"No, tranquilla! Marin è un asociale, non ce l'ha con te. Non sopporta i turisti, che io sappia non ha mai accompagnato nessuno in escursione. Ma non è un termine del regolamento del parco. Se vuoi che ti dia una mano, posso portarti dove vuoi. Non te lo hanno detto al Comando?"

"Veramente no, il tuo Comandante voleva sbattermi fuori dall'atollo quando sono arrivata".

Turner rise ancora di più.

Lisa si concesse un sorriso, felice di aver trovato finalmente una persona normale in quel posto di misogini.

"Faresti qualche deviazione mentre andiamo a Poland? Ho scattato qualche foto tre giorni fa, prima del tifone, ma ho bisogno di altro materiale. Niente foto, perché ho lasciato il caricabatteria sul fuoristrada di Fischer, però vorrei prendere qualche appunto per l'articolo".

"Ma certo. L'importante è che tu sia visitata al campo medico. Marin ha già stilato un rapporto con il tuo referto, ma deve essere convalidato dal primario dell'ospedale".

"Bene". Lisa terminò il suo caffè e una fetta di pane biscottato con la marmellata, poi si apprestò a raccogliere la sua roba.

* * *

Attraversarono la costa da Benson Point fino a Sout-West Point, lungo i circa dieci chilometri di strada sterrata che portavano alla al promontorio. La costa scendeva direttamente sull'Oceano Pacifico, alternando sabbia a scogliere. Carcasse di barche e palme sradicate giacevano come balene arenate contro la riva pietrosa, dove l'oceano di un blu cobalto si infrangeva con onde ritmiche.

Stormi di uccelli migratori sorvolavano i detriti in cerca di molluschi e granchi, che durante il giorno cercavano riparo dal sole, lanciando richiami acuti e stridenti.

Il fondale passava da una profondità di trenta metri a quella di cinquecento appena ci si allontanava di un chilometro dalla spiaggia.

Più avanti, Lisa vedeva l'acqua tingersi di nero, dove l'oceano era territorio di squali, man mano che si allontanavano dalle spiagge basse e tranquille di Benson Point, trattenute dalla barriera corallina.

Se non fosse stato per i resti lasciati dal tifone, conficcati nella sabbia come i simulacri di una guerra appena conclusa, la costa era tra le più incontaminate che avesse visitato.

Chiese a Turner di fermarsi un paio di volte per ammirare gli stormi di Procelsterne ed Egrette. Il cielo era terso e limpido, di un colore talmente intenso che pareva non fosse mai stato squassato da un uragano.

Il rumore del motore impediva una normale conversazione, così erano entrambi silenziosamente assorti nei loro compiti.

Turner aveva infilato un paio di occhiali da sole sul volto abbronzato. Rispondeva a tratti ad alcune comunicazioni radio con il Comando di London e la radio che MacLanart aveva sul fuoribordo. Per la maggior parte erano dettagli tecnici che Lisa non capiva.

Aveva dedotto però che si mantenevano in contatto per aggiornarsi sullo stato della barriera corallina che MacLanart stava attraversando nella laguna.

L'insediamento di Poland era sparso lungo la costa ovest della piccola punta di terra, suddiviso tra le piantagioni di cocco.

Le uniche costruzioni sopravvissute erano la missione cattolica e il campo medico, costruite in muratura. Il resto del villaggio, costituito per lo più da capanne di legno, era stato trascinato via dalle mareggiate e dal tifone.

Carcasse di animali da cortile erano abbandonati lungo la strada insieme ai detriti sbattuti dalle onde sulla spiaggia. Alcuni ratti ne staccavano grossi pezzi per cibarsene. Quando sentirono il rumore del fuoristrada scapparono via spaventati.

Fecero sosta davanti alla cappella della missione, dove un gruppo di indigeni stava ammucchiando tavole per ricostruire le capanne.

Venne loro incontro un missionario che scambiò poche parole in francese con Turner, aggiornandolo sulla situazione del villaggio. Da quello che riuscì a capire Lisa, erano riusciti a portare al riparo le provviste in un rifugio sotterraneo della missione, e avevano scorte sufficienti per un paio di giorni, ma speravano di rimettere in acqua almeno un fuoribordo per raggiungere l'aeroporto Cassidy, dove il Governo di Kiribati stava mandando i rifornimenti per lo stato di crisi. Turner assicurò che avrebbe avvisato London per inviare immediatamente i rifornimenti con i mezzi disponibili al Comando.

Intanto si erano radunati attorno al fuoristrada un gruppo di bambini incuriositi dalla ragazza, e le parlavano in gilbertese con grandi sorrisi, mostrandole batik e souvenir intagliati nel legno per convincerla a comprarli. Fece loro capire che non aveva denaro con sé, e questi se ne andarono dopo molte insistenze, ma solo quando Turner si rivolse a loro con parole dure e autoritarie.

A Lisa dispiacque un po' non aver potuto accontentarli. Avevano perso quasi tutto.

Conosceva alcune persone che sarebbero state felici di occuparsi di quella povera gente, di dare un'istruzione adeguata ai bambini, di portare attrezzature e materiale resistente agli uragani, per costruire case vere, scuole, laboratori artigiani. Per creare lavoro e riattivare un mercato solido sulla lavorazione del cocco. Per portare un po' di civiltà in quel mondo arretrato, abbandonato a se stesso dopo che il governo aveva sospeso gli esperimenti nucleari a Aeon Point.

Turner invece non fece commenti, dirigendosi verso il campo medico, poco distante.

Era una costruzione bassa, circondata da un giardino che doveva essere stato rigoglioso prima della tempesta.

Contro le pareti erano stati accatastati pezzi di tavolame divelto dalla veranda, stracci, utensili domestici, frasche, sedie sfondate.

Una suora vestita di grigio stava istruendo un paio di indigeni su dove trasportare mobili rotti e alcuni materassi, ammucchiati su di un carro usato solitamente per raccogliere le noci di cocco nelle piantagioni.

Indossava il camice da medico sopra l'abito talare.

Trattenne il velo che il vento le sbatteva contro il viso, volgendosi verso di loro, quando li sentì arrivare. Aveva la pelle chiara come alabastro, spruzzata di efelidi. Un paio di grandi occhi verdi spiccavano come smeraldi, donando un'insolita bellezza al viso da bambola. Per il resto, aveva lineamenti anonimi e la corporatura di una donna sui trentacinque anni.

Si scostò con un mezzo sorriso dalla nuvola di polvere alzata dai pneumatici, poi andò loro incontro.

Quando parlò, Lisa riconobbe un marcato accento inglese delle Highlands.

"Jim! Ti manda Nostro Signore! Abbiamo terminato il carburante per il generatore, e siamo senza luce. La tempesta ha sbattuto una palma contro la cisterna. Ci siamo accorte solo oggi che aveva provocato una perdita".

Turner rispose al sorriso della suora con un cenno del capo, scendendo dal fuoristrada per andarle incontro.

"Buongiorno suor Julia. Mi piacerebbe potervene lasciare un po', ma siamo rimasti senza anche noi. Avviso subito l'aeroporto Cassidy di portarvi la scorta in giornata". Le indicò Lisa, ancora seduta sul sedile del mezzo. "Ho portato una ragazza che è stata morsa da un gatto selvatico. Marin le ha già prestato i primi soccorsi, ma ha voluto che la accompagnassi qui per un esame del sangue, in caso vi fossero complicazioni".

"Se l'ha curata Marin, non credo vi sia bisogno d'altro. Comunque falla entrare, la visitiamo e vediamo se è necessario tenerla in osservazione per qualche giorno". Suor Julia fece un cenno con la mano verso Lisa.

La ragazza rispose al saluto, scendendo con

cautela dal fuoristrada. Mise a tracolla la custodia della reflex e si avvicinò a loro, seguendo la suora all'interno della costruzione.

Le finestre erano state divelte, e l'arredamento era stato ridotto a un cumulo di macerie, come se un gigante fosse entrato di prepotenza e avesse preso a pugni e a calci tutto quello che gli fosse passato sotto mano. Camminando sentiva sotto le suole frammenti di vetro. Molto probabilmente gli indigeni avevano spazzato il pavimento in maniera grossolana, giusto per liberare il passaggio, ma sarebbe servito un buon lavoro di ramazza per ripulire tutto.

Molto del materiale era stato ammucchiato in alcune stanze, in attesa di vedere se si poteva recuperare qualcosa. La maggior parte erano attrezzature mediche che sarebbe stato molto difficile riuscire a riparare.

"Ci devi scusare" esordì la suora rivolta a Lisa, "il tifone ha danneggiato molte delle nostre attrezzature, e anche il laboratorio d'analisi" le indicò una piccola stanza, che fino a qualche giorno prima doveva essere stato l'ambulatorio per le visite giornaliere.

Lisa entrò e si sedette sul lettino.

Turner si assicurò che potesse lasciarla sola, e uscì per tornare nel villaggio, promettendole che sarebbe ripassato per sapere se poteva andarsene o se sarebbe stata ricoverata in osservazione.

Suor Julia la visitò accuratamente, approvando la medicazione effettuata sul morso. I segni lasciati dai denti si erano cicatrizzati e il muscolo si era sgonfiato.

Applicò di nuovo la pomata e il bendaggio, poi le diede un tubetto di crema per le scottature.

"Ti basterà per qualche giorno, ormai il peggio è passato. Quando hai fatto l'ultima iniezione di antibiotici?"

"Stamattina, prima di colazione".

Suor Julia le premette le dita sulle ghiandole alla base della gola con un movimento esperto, annuendo.

"Sei fuori pericolo. E sei stata anche molto fortunata".

"Se così si può definire essere abbandonata nella laguna".

Suor Julia sorrise, togliendo i guanti di lattice e gettandoli in un bidone per la spazzatura.

"Ho saputo la tua storia, ha fatto il giro dell'atollo. Sono sicura che Fischer non rimetterà piede su Kiritimati, se non vuole rischiare che Marin lo riempia di piombo. E questa volta non si limiterà a sparare in alto".

Lisa ascoltò le parole senza capire l'ultima frase della suora.

"In che senso, scusi, *questa volta?*"

"Non te l'ha detto?" Suor Julia la scrutò un po' incerta. "Non ti ha raccontato cos'è successo a Fischer?"

"No" Lisa si mise sul chi vive, iniziando a preoccuparsi. "So che Fischer ha lasciato Kiritimati il giorno dell'evacuazione, dopo avermi abbandonato nella laguna..."

"Vuoi dire che Marin non ti ha detto..." Suor Julia esitò, indecisa se continuare o meno a raccontare. "Ero convinta che tu sapessi. Forse era meglio se non dicevo nulla". Si volse per riporre stetoscopio e termometro in una scatola di metallo, eludendo il resto del discorso.

Lisa scese dal lettino, andandole accanto determinata a sapere la verità. Si era sempre domandata cosa avesse spinto Fischer ad abbandonarla nella laguna senza un motivo.

"Cos'è che non mi ha detto? Cos'è successo a Fischer?"

"Oh, niente di che. Immagino che sia a Honolulu

a scolarsi una birra in questo momento" minimizzò la suora.

"Ma? Non mi sta raccontando tutto. Mi dica cos'è successo, per cortesia. MacLanart ha sparato in alto, ha detto prima. *Questa volta*. Ha forse incontrato Fischer e non è riuscito ad arrestarlo?"

Suor Julia esitò un istante, lavandosi le mani in una bacinella contenente del disinfettante, poi si asciugò con calma.

Quando tornò a guardarla aveva negli occhi verdi una certa ansia.

"Non voglio mettere Marin nei guai. Pensavo che tu sapessi cos'era accaduto".

Lisa sospettò che vi fosse qualcosa di non troppo pulito sotto quella faccenda, in cui lei era stata coinvolta suo malgrado.

L'unico modo per saperlo era conquistare la fiducia della suora.

"Le prometto che terrò per me le sue confidenze. Ma mi dica cos'è successo".

Davanti all'insistenza della ragazza, suor Julia cedette.

"Credo si sia trattata di una sfortunata coincidenza. Marin ha sorpreso Fischer mentre cacciava migratori protetti, tre giorni fa. Lo ha spaventato sparandogli contro, ma senza mirarlo. Non è riuscito ad arrestarlo, a causa della distanza. La laguna è difficile da attraversare, con tutte quelle pozze, e proprio per questo i cacciatori di frodo riescono sempre a sfuggire ai ranger".

"Gli ha sparato!" Lisa si lasciò sfuggire un'imprecazione da mandriano, che fece sussultare suor Julia. Fece qualche passo nella stanza, girando su se stessa. "Gli ha sparato! Ecco cos'erano quei colpi d'arma da fuoco che ho sentito! E Fischer si è spaventato, e mi ha abbandonato nella laguna!" gesticolò verso il soffitto, sbraitando altre imprecazioni che a suor Julia fecero accapponare la pelle, ma si guardò bene dallo scusarsi.

La suora se ne restò muta e annichilita, incapace di reagire a quell'esternazione di rabbia.

Lisa uscì dalla stanza con l'intenzione di scaricare la furia nel cortile dell'ospedale, poi tornò sui suoi passi e apostrofò di nuovo la donna.

"Ma non l'ha colpito, vero?"

"No. Lo ha solo spaventato. Marin ha un'ottima mira, e non spara volontariamente alle persone, anche se si tratta di un bastardo come Fischer".

Questa volta toccò a Lisa a rimanere allibita. La suora si esprimeva con un linguaggio piuttosto colorito, per essere una sposa di Dio.

"Non sapeva che ero con Fischer?"

"Non credo. Il Comando aveva dato l'ordine di evacuazione. Lo abbiamo ricevuto anche noi e abbiamo mandato via tutti i turisti. Il nostro rifugio sotterraneo è sufficiente a proteggere solo gli abitanti di Poland. E hai visto come ci ha ridotto il tifone".

"Sì, ho visto. Ma io ho rischiato di morire per colpa di MacLanart!"

"Perché eri insieme a Fischer? Non ti hanno avvisato che era in atto l'evacuazione?"

Lisa si trattenne dal rispondere. Si rese conto in quel momento che la maggior parte della responsabilità di quello che era successo era colpa sua. Era stata avvisata e incoraggiata a lasciare l'atollo, non poteva biasimare nessuno se si era messa nelle mani di un criminale, rischiando molto di più di essere abbandonata nella laguna e morsa da un gatto selvatico. Era stata una sprovveduta. E le era andata bene che MacLanart passasse da quelle parti la mattina che l'aveva ritrovata, altrimenti sarebbe morta di infezione o annegata nella laguna, esattamente come le aveva augurato il Comandante dei rangers.

Prese un respiro profondo, prima di tornare a

parlare. S'impose di calmarsi. In fondo le era andata bene.

"Sì, sono stata avvisata. Ma io lavoro per il Dipartimento dell'Ambiente, sono autorizzata a restare sull'atollo per lo svolgimento del mio incarico".

Suor Julia non aggiunse altro. Si rese conto di aver combinato un pasticcio, involontariamente. Con le informazioni che aveva appena dato a Lisa, MacLanart rischiava il licenziamento e un'accusa per tentato omicidio. Doveva fare o dire qualcosa, ma temeva di aver già parlato troppo. Si stropicciò le mani, stringendo le dita in un gesto nervoso.

"Io... credo di aver messo Marin nei guai. Hai intenzione di denunciarlo? Ti prego di non farlo, non aveva cattive intenzioni. Noi tutti conosciamo bene Fischer, è un ubriacone e un violento, oltre a cacciare di frodo per scopi commerciali. È stato invitato spesso dal Comando a lasciare l'atollo come persona non gradita, ma non avendo le prove della sua colpevolezza non è mai stato arrestato, e lui si fa beffe della sorveglianza. Ti prego..." la supplicò a mani giunte, gli occhi lucidi di lacrime trattenute "... ti prego, guarda nel tuo cuore. Non denunciare mio fratello".

Lisa restò spiazzata dalla rivelazione.

Le ci volle qualche minuto per assimilare quell'informazione e incastrare un complicato puzzle. MacLanart che le parlava della sua vita precedente come chirurgo, e la scelta di mollare tutto per andare vivere su quell'atollo ai confini del mondo. Adesso ne capiva in parte il senso.

Sua sorella era lì, missionaria in un posto dimenticato da Dio. Poteva aver influenzato la sua decisione.

Annuì, gravemente. Poi sorrise, cercando di rassicurarla.

"Non lo denuncerò, stia tranquilla. Gli ho

consegnato alcune foto che ho scattato a Fischer, datate il giorno prima del tifone. Serviranno per incriminarlo, e non metterà più piede sull'atollo".

Suor Julia si portò le mani al viso, trattenendo un singulto. Respirò un paio di volte per calmare l'agitazione, poi raccolse con le dita pallide alcune lacrime che le erano sfuggite, sciogliendosi in un sorriso di gratitudine.

Le prese le mani, stringendole forte.

"Grazie. Sei una persona buona. Grazie per aver capito. Ti assicuro che Marin non farebbe del male a nessuno. Non è così duro come vuole che gli altri lo vedano. Ha solo sofferto molto, e a volte reagisce con troppa rabbia, senza pensare alla conseguenza delle sue azioni. Ma non ucciderebbe mai volontariamente. Ha un profondo rispetto per la vita umana. Mi credi, vero?"

Lisa si lasciò stringere le mani dalla donna, sentendo attraverso la pelle un'energia strana emanare da quelle dita tremanti e allo stesso tempo coraggiose. Doveva essere molto legata al fratello. Altrimenti non si sarebbero trovati sulla stessa terra, a così tanta distanza da qualsiasi luogo civilizzato.

"Le credo. E inizio a capire alcune cose che prima mi sfuggivano".

Si rese conto che la rabbia provata un paio di minuti prima era completamente scemata. Non ce l'aveva più con MacLanart, anche se continuava a biasimare la sua sconsiderata decisione di sparare dietro a quel bracconiere.

Era capitato, e lei vi era finita coinvolta.

Improvvisamente si sentì troppo stanca anche solo per arrabbiarsi di nuovo. Stanca e svuotata di ogni entusiasmo, soprattutto di quello che lo aveva portata sull'atollo.

"Posso fermarmi qui? O pensa che sia meglio se mi faccio accompagnare a London?"

"Dovresti parlare con Jim, ma credo che sia nei suoi programmi tornare alla capitale in giornata. Abbiamo bisogno urgentemente di alcune provviste e siamo senza radio. Forse è meglio se vai con lui. Posso darti le ultime iniezioni di antibiotici per finire il ciclo, ma altro per te qui non possiamo fare, e saresti una bocca in più da sfamare".

Lisa annuì, sfilando le mani dalla stretta della suora.

"Bene. Allora raggiungo Jim e sento se vuole ripartire subito. Non voglio fargli perdere tempo".

Prese le siringhe e le capsule di antibiotici che la suora preparò per lei, raccomandandole di rispettare gli orari delle iniezioni, poi la salutò con un breve sorriso di ringraziamento, uscendo dall'ambulatorio.

Sentiva ancora sulle dita il calore di quelle piccole mani tremanti.

Le era rimasto impresso come un tatuaggio, trasmettendole una sensazione di ineluttabilità. C'era qualcosa che le sfuggiva in quella donna. L'impressione di un sentimento che travalicava l'affetto fraterno. O forse era solo l'effetto degli antibiotici che accentuava i suoi sensi, rendendola esposta e indifesa alle emozioni altrui.

Solo una notte

Turner la portò a London nel giro di poche ore. Dovettero passare lungo il limitare della laguna e aggirarla, seguendo stradine che il tifone aveva quasi cancellato, interrate dall'acqua, o deviando su altri percorsi perché quello principale era ostruito da palme cadute.

Parlarono poco, scambiandosi solo alcuni commenti sul paesaggio arido e inospitale che stavano attraversando, battuto dal sole incandescente del mezzogiorno e dal vento incessante.

Lisa si sentiva spossata dal caldo e poco propensa a conversare.

Voleva solo fare un lungo bagno rilassante, pur sapendo che in hotel l'aspettava una doccia con l'acqua fredda, se le andava bene. Forse l'idea di andare a Honolulu qualche giorno non era poi così male. Si sarebbe rilassata in un fitness center, avrebbe preso un po' di sole in una vera piscina, mangiato gelato, fatto shopping, rimesso in ordine unghie e capelli, e solo dopo essersi adeguatamente annoiata avrebbe ripreso il reportage sull'atollo. Ma alle dovute condizioni.

Avrebbe chiesto al Dipartimento di cambiarle l'albergo con uno più confortevole, e il rimpiazzo dell'attrezzatura che Fischer le aveva rubato. Poi avrebbe preteso una guida vera con tanto di fuoristrada, che l'accompagnasse durante tutta la permanenza a Kiritimati. Un esperto di natura e safari. Non voleva più saperne di rangers e bracconieri.

Certo, avrebbe potuto incontrare MacLanart e Turner durante le sue escursioni, ma non sarebbe dipeso da loro quello che lei avrebbe fatto sull'atollo.

Le loro strade si sarebbero divise appena messo piede al Captain Cook Hotel, entro pochi minuti.

La periferia di London apparve all'improvviso, simile al teatro di un bombardamento aereo.

Macerie di bungalows distrutti dalla furia del tifone costeggiavano la strada, dove prima sorgevano le abitazioni degli indigeni. Cumuli di legname ammucchiato insieme a pezzi di arredamento e strutture di lamiera sfondata.

Bambini e ragazzini si arrampicavano sui detriti per recuperare il tavolame riutilizzabile e portarlo in spiazzi di terreno libero, dove gli adulti si raggruppavano in capannelli, forse per decidere come e dove ricostruire. Fuoristrada e auto del soccorso civile giravano lente sulla strada principale, portando fusti d'acqua potabile e viveri alle famiglie che restavano accanto a ciò che avevano salvato dalle loro abitazioni. Tende da campo spuntavano ogni tanto qui e là, tra le cataste di palme abbattute, separate in piccoli gruppi, probabilmente per tenere radunati tra loro i parenti.

La via dei negozi di souvenir era stata completamente spazzata via, e restavano in piedi le poche costruzioni di muratura di proprietà degli alberghi, la chiesa, la scuola e il Comando dei rangers.

Turner accompagnò Lisa direttamente in albergo, senza fermarsi.

Davanti a quella desolazione la ragazza smise di pensare ad altro. Andarsene da lì era diventato il suo scopo prioritario, almeno fino a quando il villaggio non fosse stato ricostruito e ripulito.

Ringraziò Turner per il passaggio, promettendo di farsi risentire quando sarebbe ritornata sull'atollo e il ranger la salutò con un cenno del capo e un sorriso.

"Resto in città stanotte. Se hai bisogno, di qualunque cosa, chiedi di me al Comando".

"Conterei di salire sul primo aereo che lascia l'atollo. Ma se mi trovo inguaiata ti chiamo senz'altro. Grazie di tutto, e ringrazia anche MacLanart. Ieri sera non ci siamo lasciati molto cordialmente".

"Lo farò".

Lisa salutò con la mano il fuoristrada che si allontanava alzando una nuvola di polvere sottile.

Quando entrò nella hall dell'albergo dovette aspettare parecchio, suonare il campanello varie volte, prima di veder apparire Tituba con abiti da casa e un'espressione corrucciata.

La squadrò da capo a piedi senza proferire parola, ma con uno sguardo più che eloquente.

"Ah, è tornata".

"Sì. Vorrei la chiave della mia stanza. Immagino che la mia roba sia rimasta lì" avrebbe voluto prenderla per le spalle e scrollarla. Non dubitava che l'indigena sapesse del suo ritorno già dalla sera prima. Non le aveva chiesto né cosa le era successo, né se stava bene, ergo, gli indigeni avevano il loro tam-tam tribale che passava le informazioni anche senza la radio.

Tituba allungò una mano verso la rastrelliera delle chiavi, ne tolse una e gliela passò con fare lento e annoiato.

Lisa non le concesse un secondo di più. Voleva togliersi immediatamente di dosso quella divisa che le stava due volte più grande e mettersi sotto il getto della doccia per lavare via la polvere che le si era appiccicata sulla pelle, sopra lo strato di crema per le scottature.

L'alloggio era come l'aveva lasciato. Probabilmente la struttura alberghiera aveva progettato le imposte delle finestre in modo che potessero resistere alle tempeste, anche se parte del tetto era stata danneggiata dalle palme di cocco che vi si erano abbattute.

Con suo sommo stupore trovò la borsa e l'attrezzatura fotografica che aveva caricato sul fuoristrada di Fischer, il tutto posato sul letto.

Si affrettò a controllare il contenuto della borsa, trovando i suoi documenti e le carte di credito, insieme al passaporto e la patente di guida. Si era premurato di prendere la cifra pattuita per l'escursione sottraendole i contanti, e quello la infastidì parecchio. Nelle custodie l'attrezzatura fotografica era al completo, non mancava niente altro.

Non poteva biasimarlo, in fondo gli aveva chiesto lei di portarla nella laguna. Anche se aveva il forte sospetto che si sarebbe mosso comunque per un ultimo tentativo di caccia proibita, sapendo che i rangers erano impegnati in altre attività nei villaggi.

Si sedette sul copriletto, rigirando tra le mani un obiettivo e ragionando sul da farsi. Doveva andare al Comando e riferire alla Parker che Fischer era un delinquente sì, ma non aveva rubato nulla. E anzi, stranamente era rientrato al villaggio depositando la sua roba in albergo con una qualche giustificazione che la ragazza indigena aveva trovato valida, e le aveva fatto portare tutto in camera.

Non sapeva se arrabbiarsi o essere felice di aver ritrovato tutto, quando ormai aveva dato per scontato che Fischer si fosse rivenduto l'attrezzatura per pochi dollari, e avesse gettato nell'Oceano i suoi documenti. Probabilmente non aveva voluto peggiorare la sua situazione, e in previsione che lei fosse in qualche modo tornata indietro dalla salina si era premurato di non incorrere in una denuncia per furto.

Era più furbo di quello che pensava.

Nonostante la stanchezza che le suggeriva di

stendersi sul letto e restarci per almeno quattro ore, si liberò velocemente degli abiti impolverati ammucchiandoli sul pavimento, e si rifugiò in bagno.

L'acqua della doccia era sempre fredda, ma almeno funzionava. Aveva temuto che il tifone avesse danneggiato anche le condutture, ma probabilmente l'albergo si era premunito con un pozzo privato, separato dalla fornitura municipale, in modo che si potessero prevenire i danni causati da eventi atmosferici.

Avrebbe preferito un bagno caldo, ma doveva comunque dirigersi al Comando per dichiarare il ritrovamento dei documenti e del denaro, non poteva concedersi altro per il momento. Doveva anche rintracciare Mark Gallway per chiedergli un passaggio aereo fino a Honolulu, e dato che probabilmente l'unico strumento di comunicazione funzionante era la radio al Comando doveva per forza andarci e sperare che la Parker fosse in giornata buona.

Con somma soddisfazione indossò uno dei suoi completi intimi di pizzo color champagne e un abito di seta azzurra. Non le sembrò vero di poter applicare sul viso, ormai in via di guarigione dalla scottatura, una buona dose di fondotinta che avrebbe attenuato il rossore, e un trucco leggero che la fece tornare quella che ricordava di essere al suo arrivo a Kiritimati.

Indossò i sandali con il tacco alto e recuperò dalla valigia una borsa di pelle in cui infilò i documenti e le carte di credito, poi tornò alla reception.

Tituba stava spostando i divanetti di vimini nella hall per lavare il pavimento. La struttura pareva aver risentito poco del tifone, forse grazie al fatto che il proprietario aveva investito abbastanza denaro nella muratura e nelle imposte che proteggevano le finestre. Grazie a questo, la hall era rimasta intatta, coperta solo da un leggero strato di sabbia che doveva essere filtrata nei giorni successivi al tifone, a causa del vento costante, quando si apriva la porta d'ingresso.

Passandole davanti senza degnarla di un'occhiata, Lisa uscì sulla strada e fece un cenno a uno dei fuoristrada che stava arrivando.

L'uomo alla guida era un indigeno anziano che capiva perfettamente l'inglese e accettò di buon grado di accompagnarla al Comando, sorridendole con un certo apprezzamento.

Lisa non si dilungò in un dialogo che sapeva avrebbe deviato sul disastro causato dal tifone, e restò in silenzio con lo sguardo fisso davanti a sé, scoraggiando ogni tentativo di conversazione iniziato dall'indigeno.

Lo salutò cortesemente quando la lasciò davanti al Comando, e si apprestò ad affrontare la pantera che dirigeva quel posto.

Lara Parker era china sulla sua scrivania, interamente ricoperta di mappe urbane della cittadina.

Alzò il viso corrucciato scrutando il suo arrivo con una certa sorpresa mista a disappunto.

"Bene, vedo che la permanenza a Benson Point le ha favorito l'abbronzatura".

"Buongiorno a lei, Comandante. Sono venuta a dichiarare il ritrovamento dei miei documenti e delle carte di credito".

Lisa si sedette nella poltrona con molta calma, stampandosi sul viso un sorriso di circostanza. Eluse la battuta sarcastica del Comandante ed estrasse dalla borsa passaporto, carte e tesserino con la matricola del Dipartimento dell'Ambiente.

"Ho ritrovato anche la mia attrezzatura fotografica. Immagino che Fischer abbia riportato tutto in albergo, subito dopo avermi abbandonato nella laguna. Mi chiedo come abbia avuto la presenza di spirito di riconsegnare tutto alla portineria, dato che se ne era andato via in tutta fretta a causa di uno spavento".

Lara la guardò di traverso, ma non commentò le sue parole.

Da quello, Lisa dedusse che la situazione di MacLanart era piuttosto delicata, altrimenti la donna non avrebbe esitato a rispondere con una delle sue battute caustiche a proposito del mettersi nelle mani di uno sconosciuto pericoloso come Fischer.

"Si è più saputo niente di quel bracconiere?" domandò Lisa, accavallando le lunghe gambe in una posa accattivante.

"Ha lasciato l'atollo tre giorni fa, la capitaneria di porto ha registrato la partenza della sua barca verso il tramonto".

Lara registrò su un libro alcune annotazioni. Lo schermo del computer era spento, molto probabilmente perché non era ancora stato ripristinato l'impianto elettrico del Comando.

"Pensa di fermarsi ancora a lungo a Kiritimati?"

"No, in effetti sono qui per chiederle di poter usare la radio. Vorrei contattare Mark Gallway per chiedergli un passaggio aereo fino a Honolulu".

Lara alzò gli occhi dal registro, interrompendo la scrittura.

"Mi spiace. La pista d'atterraggio dell'aeroporto Cassidy è ingombrata dalle palme abbattute e alcuni hangar sono stati danneggiati dal tifone, che ha sparpagliato ovunque le strutture di lamiera. Per il momento non è agibile, fino a che non saranno ripristinati la torre di controllo e la pista. Gallway è ancora a Honolulu".

Lisa rimase interdetta. Sbuffò infastidita da quel contrattempo, vedendo sfumare ogni progetto di relax che si era programmata per i giorni successivi.

"Quando pensa che tornerà operativo, l'aeroporto?"

"Stiamo facendo più in fretta possibile. Al momento siamo tagliati fuori dalle rotte commerciali aeree, e dobbiamo affidarci ai traghetti per il trasporto dei beni di prima necessità. Appena Gallway rientra con il suo Cessna la avvisiamo. Sarà probabilmente l'unico aereo turistico in grado di atterrare. I Charter della Air Pacif sono più grossi e necessitano di uno spazio di atterraggio e decollo più lungo". Lara le rese i documenti e le fece firmare un modulo per la dichiarazione.

Lisa si rassegnò. Non le restava altro da fare che portare avanti un po' di lavoro arretrato. Aveva ancora la sua attrezzatura, ne avrebbe approfittato per scattare le foto sulla spiaggia interna della laguna e iniziare a preparare il reportage.

Passi affrettati scesero una scala interna della struttura fino all'ufficio, attirando la sua attenzione.

Vide sbucare da una porta Jim Turner con alcune cartelle e mappali tra le mani. L'uomo si fermò accanto alla scrivania, regalandole uno dei suoi migliori sorrisi canaglieschi.

"Lisa! Ti trovo meglio, l'azzurro ti dona. Come mai sei qui?"

"Fischer ha avuto il buon senso di lasciare la mia attrezzatura e i documenti alla portineria del Captain Cook, prima di mollare gli ormeggi. Sono venuta a dichiarare il ritrovamento e a ritirare la denuncia di furto. Ma non credo che questo migliorerà la sua posizione, è pur sempre un bracconiere, e le mie foto lo incrimineranno comunque".

"Bene, per fortuna abbiamo almeno quelle. Stai partendo, allora?"

"Non ci sono voli fino a che l'aeroporto non sarà riaperto. Devo fermarmi qui per forza fino a domani, sperando di trovare un passaggio ponte sul primo traghetto mercantile che attracca al porto".

"Mi dispiace. Immagino che non sarai molto entusiasta di restare in questa città devastata. Posso invitarti a cena? Uno dei resorts ha riaperto la tavola calda. L'alternativa è la mensa nella tenda dei soccorsi civili, ma non credo che tu voglia passare la serata tra bambini schiamazzanti e adulti depressi per aver perso la casa".

Lisa pensò alla scorta di cibo in scatola che aveva tenuto in camera in previsione del tifone, e si disse con una certa angoscia che cenare da sola davanti al computer l'avrebbe sconfortata di più che dividere il pasto con i disastrati.

"Accetto volentieri".

"Allora vengo a prenderti verso le 19.00". Turner si chinò a baciarle una guancia, un saluto affettuoso prima di uscire dall'ufficio.

Lo sentì ripartire con il suo fuoristrada, rimuginando su come affrontare l'imprevisto di una cena non preventivata, soprattutto quando aveva deciso di non avere più niente a che fare con i rangers. Ma non se la sentiva di rifiutare un invito da un uomo attraente e intelligente, quando l'alternativa era passare il resto della sera da sola come una derelitta. Con un po' d'impegno ne avrebbe cavato una cena piacevole in buona compagnia, e magari qualche informazione sulla vita naturalistica dell'atollo da inserire nel reportage.

Lara riprese il suo documento, senza proferire parola, e lo archiviò in una cassettiera.

"Noi siamo a posto. Mi faccia sapere quando lascia l'atollo".

Lisa si alzò salutandola brevemente e uscì sotto il sole del pomeriggio.

Con un po' di fortuna, il giorno dopo a quell'ora sarebbe stata davanti a una piscina in un hotel a Honolulu, e tutto quello sarebbe stato solo un brutto sogno.

* * *

Ed Fischer lanciò oltre il bordo del pontile l'ultimo mozzicone di sigaro ormai spento, fregandosene del divieto di gettare in acqua oggetti che avrebbero potuto inquinare o danneggiare la fauna marina.

La bottiglia di birra era vuota, abbandonata per terra. Doveva andare a cercare altro alcol, se non voleva finire depresso sul fondo della baia.

Si alzò dalla panchina di cemento con un grugnito, maledicendo la sfortuna che lo perseguitava da alcuni giorni. Camminò a passo lento e traballante nel buio, rischiarato solo ogni qualche metro dalla luce gialla di fiochi lampioni. L'aria calda e salmastra si mescolava con la puzza di pesce marcio che emanava dai pescherecci, pronti a lasciare il porto nella Cook Bay a Papeete per la pesca notturna.

I bollettini radio emessi dalle capitanerie di porto australiane, che aveva captato durante la traversata, avevano descritto la barca, la sua faccia e il suo nome a chiunque solcasse l'Oceano Pacifico intorno alle Line Islands nel raggio di chilometri. Si era dovuto allontanare dalle acque territoriali del Governo di Kiribati, sotto il controllo degli australiani, e rifugiarsi nella Polinesia Francese.

Questa volta era fregato. E tutto per colpa di quella donna che lo aveva denunciato per furto. Era evidente che il tifone non se l'era portata via, anche se l'aveva impunemente piantata nel bel mezzo della salina, senza modo di raggiungere London se non a piedi. Non poteva denunciarlo per quello scherzetto, non poteva provare che era stato lui ad accompagnarla laggiù tra gli aironi a scattare foto.

In fondo lui aveva riportato la sua roba in albergo, mollandola alla portineria e pagando profumatamente Tituba perché tenesse la bocca chiusa.

Il padre dell'indigena era un artigiano di souvenir che acquistava da anni i pennuti per i suoi manufatti, gli stessi che Fischer cacciava senza permesso sulle Line Islands da anni.

L'australiana non aveva motivo per denunciarlo nemmeno di furto. Si era limitato a prendere in contanti dal suo portamonete ciò che gli spettava per il suo disturbo. Ma l'unico modo per dimostrare la sua innocenza era tornare a Kiritimati, cosa che si sarebbe ben guardato dal fare, dopo che si era sentito sfiorare le orecchie dai proiettili.

Quella seccatura andava sistemata, prima possibile. I suoi affari non potevano fermarsi per una stupidaggine, stava guadagnando troppo bene, e aveva una barca da mantenere.

Aveva un sospetto su chi gli aveva sparato nella zona degli acquitrini di Matu Tuba. Quel ranger scozzese che un paio di volte aveva incontrato nei locali di London, mescolato tra gli indigeni come se fosse stato uno del posto. Non gli era mai piaciuto. Gli altri rangers erano di polso duro, ma si facevano gli affari loro, badando di più a controllare i pescatori di pesci tropicali e i turisti, lasciando perdere gli uccelli migratori. C'erano altri cacciatori di frodo, come lui, che catturavano e vendevano pennuti dalle piume colorate agli artigiani di Kiritimati, mantenendo florido un commercio non del tutto legale che permetteva agli indigeni di guadagnare soldi facili dagli stupidi turisti che ogni anno arrivavano a frotte sull'atollo.

Era un cerchio che una volta spezzato avrebbe portato miseria per tutti, ma i rangers non la volevano capire. Per qualche pennuto in meno non sarebbe morto nessuno, e si sarebbero sfamate un paio di bocche in più, compresa la sua.

Quello scozzese era il più testardo di tutti e lo

aveva minacciato verbalmente un paio di volte durante l'anno, anche se non aveva nessuna prova per incriminarlo, perché gli artigiani gli coprivano le spalle.

Cacciò la mano nel taschino della camicia per sfilare un nuovo sigaro, poi cercò l'accendino nella tasca dei pantaloni.

Una fiammella apparve davanti al suo naso all'improvviso, spaventandolo a morte. Attraverso il fuoco dello zippo vide un volto familiare, occhi grigio-verdi dallo sguardo penetrante, capelli biondi e corti intorno a zigomi squadrati e volitivi. La corporatura muscolosa e alta vestiva abiti eleganti e costosi.

Fischer si sentì tremare le ginocchia, forse per la prima volta in vita sua, ma restò immobile come una pietra, aspirando il fumo dal sigaro che la fiammella aveva acceso sulla punta.

"Buonasera signor Fischer. Mi permette una parola?"

Lo zippo si spense e sparì nella mano dell'uomo, lasciando che il volto tornasse nell'ombra.

Non lo aveva sentito avvicinare, e questo lo aveva spaventato ancora di più del fatto che conosceva bene quella faccia.

"MacLanart. Cosa ci fai qui a Papeete? Dovresti essere su quel dannato atollo a ricostruire le capanne con la suora!"

L'altro esibì un largo sorriso sbilenco, mostrando una soddisfazione simile a quella di un ragno che ha finalmente intrappolato la sua preda nella tela.

"Conosce mia sorella? Davvero una cara ragazza, non trova? Peccato che abbia scelto di vivere così lontano dalla civiltà. Tutto quel ben di Dio sprecato per aiutare i poveri".

"Cosa vuoi da me? Qui non hai nessuna autorità, non puoi arrestarmi! Siamo in territorio polinesiano".

L'uomo si sciolse in una risatina, poi prese mano al portafoglio.

"Ho una proposta di lavoro per lei. Mi dica solo il suo prezzo. Sono certo che andremo perfettamente d'accordo".

Fischer guardò allibito le mani dello scozzese aprire le alette di pelle e mostrare un notevole quantitativo di dollari americani in tagli grossi che gli fecero venire la bava alla bocca.

Spostò lo sguardo sull'uomo ancora una volta, e solo scrutando attentamente tra le ombre si rese conto di avere tra le mani finalmente la soluzione di tutti i suoi problemi, legali e finanziari.

* * *

"Vi aspettavate niente di tutto questo, immagino?"

Lisa ripulì il pesce che giaceva nel piatto di plastica, ringraziando Turner che le versava la birra nel bicchiere.

"I tifoni sono spesso violenti, ma non era ancora capitato che devastassero l'atollo con tanta forza. Sono imprevedibili, non ci si può fare un conto".

"È per questo che il Comando ha evacuato Kiritimati?"

"È la prassi, quando arrivano i bollettini di allarme tifone. Chi abita qui sa cosa aspettarsi. Ma t'immagini i turisti travolti dalle macerie?"

"In effetti non sarebbe stato incoraggiante per il turismo dell'atollo". Lisa si concentrò sulla lisca che intendeva spolpare per bene. "Non pensi mai di andartene in un posto più civile?"

"Perché? Mi piace stare qui. A parte i tifoni, la vita è molto tranquilla, e la criminalità è ridotta al minimo. Kiritimati non è sulla pista dei cartelli della droga, non dobbiamo dare la caccia agli spacciatori come in altri arcipelaghi sulla linea dell'equatore. Gli indigeni sono gente pacifica, pescatori indolenti. C'è solo qualche cacciatore che ogni tanto si fa prendere senza licenza. Non posso lamentarmi".

Lo sguardo di velluto nero dell'uomo incrociò il suo, carico di sensualità trattenuta. Spiccava nel volto abbronzato messo in risalto dalla camicia di lino candida che aveva indossato al posto della divisa, dal cui colletto lasciato aperto emergeva il petto villoso. Le maniche arrotolate sulle braccia lasciavano spazio ai braccialetti etnici di fili colorati che avrebbero dovuto portare fortuna a chi li indossava.

Se lo aveva trovato estremamente attraente in divisa, vederlo in abito civile la eccitava in maniera pericolosamente piacevole.

L'occhiata che le stava rivolgendo non lasciava adito a dubbi.

Stavano pensando la stessa cosa.

Lisa sapeva, prima ancora di lasciare la propria stanza al Captain Cook Hotel, il vero motivo per cui aveva accettato l'invito del ranger. Si sentiva sola e trascurata, cosa che non le capitava quasi mai a Sidney, abituata a essere al centro dell'attenzione maschile. E capiva in quel momento il ragionamento di Gallway, mentre la portava a Main Camp, quando le parlava della preferenza dei rangers a frequentare le turiste, piuttosto che le isolane. Le donne indigene più giovani avevano un aspetto carino, simile alle indonesiane, ma sopra i venticinque anni assumevano una pinguedine e quei tratti caratteristici delle madri di famiglia con troppi figli da mantenere e poca soddisfazione domestica.

Le straniere, fossero state anche solo scialbe donne di passaggio, arrivavano profumate e con la biancheria d'alta moda, gambe depilate e morbide da accarezzare, abbronzatura da lampada, capelli da parrucchiere.

Un uomo qualsiasi avrebbe preferito una magra e spigolosa tedesca che sapeva di profumo costoso, piuttosto che un'indigena con l'odore del pesce impregnato nella pelle insieme alla salsedine. E non poteva dargli torto.

Lei stessa si era guardata bene dall'avvicinare qualunque indigeno di London, anche se aveva sentito parlare del sesso turistico che le americane e le europee praticavano sull'atollo con i giovani pescatori.

Quel che restava del ristorante di quel piccolo albergo, affacciato sull'acqua immobile della laguna, era la struttura principale in muratura e una spianata di legno che i proprietari si erano affrettati a riparare, sospesa a pelo dell'acqua. I soccorsi civili avevano estratto dal bunker sotterraneo i tavolini di vimini e alcuni sgabelli, e avevano appeso torce a petrolio contro i pali di sostegno del portico. Avevano poi allestito una sorta di self-service a base di pesce, l'unico cibo fresco reperibile, dove gli occidentali proprietari dei quattro o cinque villaggi turistici si erano raccolti per cenare.

Gli alloggi per i turisti costruiti su palafitte erano stati spazzati via dalla tromba marina generata dal tifone. Il palmeto che doveva estendersi fino alla spiaggia era ora un ammasso convulso di alberi abbattuti, scafi d'imbarcazioni sfondate e resti delle palafitte.

Se non ci si guardava attorno, spingendo la vista oltre la siepe di heliotropium, sembrava non fosse mai successo nulla di così catastrofico come il passaggio di un tifone.

Seduti ai tavolini senza tovaglie, illuminati fiocamente da alcune tristi candele nei bicchieri di vetro, c'erano lei e Turner oltre a un gruppetto di soccorritori della protezione civile che si concedevano un attimo di riposo e una cena tranquilla. Una famiglia di francesi e un americano si erano presi un tavolo appartato, e mangiavano quasi in silenzio. Turner le aveva detto che erano i proprietari degli alberghi sparsi tra Main Camp e London, che avevano dato una mano al resort per sistemare la spianata di legno e il gazebo del bar per mangiare separati dagli indigeni. Il menù non era certo *à-la-carte*, dovevano accontentarsi del pesce acquistato dagli indigeni.

Un generatore diesel teneva acceso un televisore che trasmetteva le notizie della CNN, ma non dava alcun accenno del tifone che aveva spazzato le Line Islands.

L'alternativa era la tenda dei soccorsi piazzata al centro di London, dove si distribuiva il cibo in scatola e acqua in fusti sterili. Un posto ancora più squallido, sovraffollato dai volontari che organizzavano la divisione dei pacchi di alimenti, abiti e generi di prima necessità.

La popolazione indigena di London si raccoglieva attorno ai fuochi sulla spiaggia, arrostendo sugli spiedi i pesci che avevano pescato durante la notte, senza preoccuparsi troppo del fatto che non avevano ancora un tetto stabile sopra la testa. Molto probabilmente si sarebbero ubriacati con la birra che avevano salvato nei rifugi, per poi addormentarsi uno sopra l'altro sulla spiaggia dopo aver ballato come pazzi attorno ai falò al suono ritmico dei tamburi.

In un altro posto, televisioni locali e testate giornalistiche avrebbero trasmesso la tragedia per raccogliere fondi e aiuti umanitari per la ricostruzione del posto. Lì a Kiritimati la tragedia era stata presa con molta filosofia, trasformandola in un'occasione per festeggiare la gioia di vivere una volta in più.

"Sei silenziosa. Va tutto bene? Il tuo pesce non è buono?"

Lisa distolse lo sguardo dalla spiaggia, dove le luci mobili dei fuochi delineavano l'arco della laguna e gli isolotti che emergevano dalla barriera corallina, per riportare l'attenzione sull'uomo che aveva di fronte.

La musica indigena arrivava portata dalla brezza serale, un sottofondo che non disturbava la conversazione, riempiendo anzi i silenzi tra una parola e l'altra.

"Stavo pensando che inizio a capire perché ti piace stare su questo atollo. La vita è molto semplice, e anche se questa gente ha perso tutto non ha rinunciato alla voglia di divertirsi e alla necessità di aggregarsi per risolvere i problemi esistenziali".

"Oh! Ti stai conformando alla filosofia di Kiritimati. Non starai pensando di trasferirti a vivere qui anche tu?" la dileggiò Turner, afferrandole una mano che lei aveva posato distrattamente sul tavolo. Con il pollice le sfiorò le nocche spellate dalla scottatura, che si era premurata di idratare con una crema emolliente, e le unghie smaltate di fresco.

Lisa sorrise. Aveva bisogno di entrambe le mani per pulire il suo pesce, anche se ne aveva già mangiato metà, ma non ritirò la mano. Le piaceva la calda sensazione di sicurezza che le trasmettevano le dita forti del ranger. Si chiese come potesse essere, sentirle scivolare sul corpo, sulla pelle che si stava risvegliando al suo tocco sensuale.

Prese un respiro profondo prima di incrociare gli occhi scuri, trovandovi la risposta al suo inconfessato pensiero.

Prima però voleva finire di cenare. Erano giorni che non si concedeva un attimo di tranquillità seduta davanti a un vero pasto. Probabilmente era un suo vezzo infantile, ma dava molta importanza ai pasti consumati nella dovuta maniera, con la giusta compagnia per meglio apprezzarli.

Ritirò la mano, ma senza fretta.

"No, non vivrei mai volentieri qui. Sono troppo abitudinaria, mi mancano gli agi di Sidney. Sono tre giorni che sogno una vasca idromassaggio, una parrucchiera, un massaggio ai piedi come dio comanda, e le fragole... oh, le fragole con lo champagne! Non so cosa darei per averne un po'!"

Turner scoppiò a ridere all'espressione buffa che Lisa si atteggiò sul viso con fare comico.

"Non sto scherzando!" continuò la ragazza, tornando seria. "Mi manca il cappuccino con le brioche al mattino, il quotidiano, le sirene della polizia che sfrecciano in strada fuori dalla finestra del mio ufficio, il traffico bloccato dell'ora di punta. So che è stupido, ma tutta questa vita selvaggia mi lascia piuttosto indifferente".

"Allora terminerai il tuo reportage per poi fare le valigie e non tornare mai più?"

"*Mai* è un termine piuttosto assoluto. Preferisco ritornare quando sarà tutto di nuovo sistemato e civilizzato. Possibilmente con l'acqua calda nel bagno dell'hotel".

Turner le sorrise, comprensivo.

"Su questo non posso che darti ragione. Spero allora che tornerai presto, in questo posto c'è carenza di ragazze carine".

"Solo carine?" Lisa lo sfidò con un'occhiata eloquente. "Sai che Gallway durante il viaggio di andata mi aveva messo in guardia dai rangers?"

"In che senso?" le chiese sospettoso.

"Oh, nulla di grave. Mi ha detto che voi rangers avete poche occasioni di *'passare qualche ora con donne bianche occidentali, a parte le suore di Saint Stanislaus, ma loro non sono molto di compagnia'*. Cito direttamente dalle parole del pilota".

Turner non riusciva più a trattenere l'ilarità che

Lisa aveva provocato, imitando l'accento texano del pilota.

Poi si ricompose, e gettò il tovagliolo sul tavolo, afferrandole una mano per aiutarla ad alzarsi.

"Vieni, facciamo una passeggiata sulla spiaggia per digerire questo squalo. Voglio vedere se riesco a convincerti a restare ancora qualche giorno in questo posto selvaggio".

"Dovrai trovare degli ottimi argomenti" ribatté Lisa, seguendolo docilmente, mentre la trascinava giù dalla spianata.

Affondò con i saldali bassi dentro la sabbia corallina, ma non se la sentiva di toglierli. La spiaggia non era ancora stata ripulita. Al buio le carcasse delle imbarcazioni distrutte e le palme divelte diventavano ombre scure e indefinite. Chiudendo gli occhi si poteva anche pensare che non fosse mai accaduto nulla.

La battuta di Turner le aveva ricordato un discorso strano, avuto la sera prima con MacLanart a proposito di *gente selvaggia*. Le tornò in mente anche la supplica di Suor Julia, e l'accenno al fatto che il fratello aveva sofferto molto prima di trasferirsi in quell'atollo. Approfittò della disponibilità del ranger per vedere se riusciva a strappargli qualche informazione in più, mentre passeggiavano mano nella mano sulla rena fresca e umida.

"Posso farti una domanda sciocca?"

"Dubito che sia sciocca, ma chiedi pure" la incoraggiò il Turner, scrutandole il viso illuminato dalla luce lunare.

"Cosa sai di MacLanart? Stamattina sua sorella mi ha fatto un discorso strano. Mi ha detto che ha sofferto molto prima di trasferirsi a Kiritimati. A te ha raccontato qualcosa?"

Turner restò in silenzio alcuni minuti, fissando le onde lunghe, lontane dalla battigia che stavano attraversando.

Lisa ebbe la sensazione di aver commesso una gaffe. Maledisse la propria curiosità e la goffaggine, che la portava spesso a imbarazzare le persone che frequentava. Molto probabilmente Turner si era risentito per essere stato messo in secondo piano nei suoi pensieri, mentre la teneva per mano e passeggiavano sulla spiaggia in un atteggiamento fin troppo confidenziale.

Si erano allontanati dalle luci del resort e la musica dei tamburi non arrivava più, trasportata altrove dalle correnti d'aria. Il buio li avvolgeva con l'unico rumore della risacca lontana contro gli isolotti di corallo.

Poi l'uomo parlò con una voce che sembrava emergere da un luogo molto lontano.

"È capitata una disgrazia. Una donna che attendeva un trapianto di cuore gli è morta sotto i ferri. Nella sua carriera di chirurgo non gli era mai accaduto, aveva accumulato successi uno dopo l'altro. Era considerato un bisturi d'oro, effettuando operazioni al limite delle capacità umane e mediche".

Lisa assimilò l'informazione, rendendosi conto che doveva essergli costata molto. Forse MacLanart gli aveva chiesto di non parlarne in giro, per non suscitare la compassione dei turisti.

"Non è il primo chirurgo che perde un paziente" obiettò dopo un po', trovando strano che Turner avesse quell'espressione così seria.

"No, certo. Ma lui non aveva mai fallito, si sentiva un dio, in grado di avere il controllo sulla vita e sulla morte delle persone. E quella volta meno delle altre avrebbe dovuto fallire. Si trattava della sua madre adottiva, una riccona di schiatta nobile scozzese. Aveva adottato i ragazzi da piccoli, dopo che avevano perso i genitori in un incidente aereo. La donna soffriva di insufficienza cardiaca, da quanto so. Con l'età era andata peggiorando. Aveva riversato sui figli adottivi tutto il suo affetto, non avendone di suoi. Marin l'adorava. Avevano un legame molto forte. È stato un colpo tremendo".

"Me lo immagino". Lisa rabbrividì all'aria fresca che stava calando sulla laguna.

Turner le circondò le spalle con un braccio, attirandola verso di sé per proteggerle la schiena lasciata scoperta dall'abito di shantung rosso.

Lisa gliene fu grata, anche perché amava sentire il suo tocco caldo sulla pelle.

"Allora ha mollato tutto e si è trasferito qui, vicino a sua sorella?"

"Più o meno, credo sia andata così. È ciò che mi ha raccontato suor Julia, o meglio, Deborah. Julia è il suo nome da sposa di Cristo".

"MacLanart non si è mai confidato con te?"

"No, anche se siamo molto amici. Credo che abbia chiuso fuori il passato. Non parla mai della sua vita a Santa Barbara". Turner le scosse gentilmente le spalle, chinandosi sul suo viso. "Hey, non passeremo tutta la sera a parlare di Marin, vero?"

Lisa socchiuse le labbra in un'espressione maliziosa.

"Non credo proprio". Si alzò sulle punte dei piedi, tese una mano verso i riccioli scuri dell'uomo infilandovi le dita e lo attirò verso di sé, catturandogli le labbra.

Turner accentuò la stretta, facendo scivolare le braccia attorno al corpo morbido e caldo, che si sciolse come burro contro il suo petto. Affondò la lingua tra le labbra esigenti, rispondendo con lo stesso entusiasmo all'eccitazione che sentiva emergere dai fianchi della ragazza, dalle sue piccole mani che gli circondavano il collo per trattenerlo in quel bacio atteso per tutta la sera.

Con il palmo della mano distesa risalì la pelle

morbida della coscia sotto la stoffa traslucida, sollevandole la gamba per avvolgerla attorno a sé. Il pizzo della biancheria era veramente una sottile barriera, che le dita sfiorarono tra le pieghe calde e umide.

Lisa emise un lungo gemito, soffocato sulla sua bocca. Poi si staccò con un respiro affrettato, attirandogli la testa sul seno che sentiva scoppiare dalla tensione, contro la stoffa. L'urgenza di avere di nuovo le sue labbra sulla pelle la spinse contro di lui, che le catturò un seno con un morso umido, tormentandole il capezzolo turgido in una lenta carezza.

Turner piegò le ginocchia, trascinandola con sé sulla sabbia di corallo. Le abbassò le spalline dell'abito da sera, liberando i seni che apparvero nella loro pienezza.

"Sì, è proprio come lo ricordavo..." mormorò chinandosi sulla punta rosea per sfiorare con la lingua l'areola in un lento cerchio, e imitando con le dita lo stesso movimento sull'altro seno.

Lisa s'inarcò chiudendo gli occhi, estasiata dalle sensazioni incontrollate del tocco bollente sulla pelle esposta alla brezza, mista alla morbida umidità della sabbia sotto la schiena.

Con le dita incerte cercò i bottoni della camicia dell'uomo, la sfilò dai calzoni, riuscendo finalmente a sentire il torace accaldato reagire al suo tocco fresco e deciso.

Turner le afferrò i fianchi morbidi, trattenendola mentre entrava in lei con una spinta decisa.

Lisa gemette in un lungo sospiro, il corpo scosso dalla furia passionale, trattenuta per troppo tempo.

La luna scomparve, così come la spiaggia e ogni altro rumore divenne vuoto e silenzio.

C'erano solo pelle e sangue, carne e fuoco.

Turner la fissò negli occhi, ascoltando il suo respiro accelerato, cercandole la bocca umida.

Spinse contro quel corpo pulsante, impaziente di portarla all'orgasmo insieme a lui.

Trascinata dalla frenesia, Lisa lo avvinghiò strettamente con le gambe e le braccia, fino a dimenticare dove iniziava il suo corpo e terminava quello dell'uomo.

Esplose dentro di lei in un lungo tormento. Le parve di udire grida convulse, e solo dopo un istante si rese conto di essere lei.

Turner affondò il volto nei suoi capelli, stringendole i seni nei palmi, senza fiato.

"Ancora..." mormorò Lisa, trattenendolo dentro di sé.

Le arrivò la risatina soddisfatta di Turner, e la luna riapparve, dietro i suoi capelli scuri, come un'aureola d'argento.

Bersagli

Turner allacciò i calzoni e vi infilò i lembi della camicia. Si diede una veloce occhiata allo specchio della toeletta, sistemando i riccioli scuri all'indietro.

Sulla soglia del bagno Lisa lo guardava assonnata, in vestaglia, appoggiata allo stipite. I capelli biondi le ricadevano sulle spalle come una cascata d'oro, catturando i raggi del primo sole che entravano dalla finestra.

"Te ne vai?"

"Devo tornare alla Stazione" si volse con un sorriso desolato. "Mi spiace, è il regolamento. Marin deve avere il suo turno di riposo, come io ho avuto il mio".

Lisa abbassò lo sguardo sui propri piedi scalzi, come se avesse ricevuto un rimprovero. Turner la raggiunse, le sollevò il viso e le depose un bacio leggero sulle labbra.

Lei lo prese come una richiesta di scuse e si rassegnò. Non le andava l'idea di lasciarlo ripartire e ammettere che le sarebbe un po' mancato, anche se tra loro sentiva solo un'attrazione fisica.

"Va bene. Grazie per la cena di ieri sera".

"Solo per la cena?" scherzò Turner, abbracciandole il corpo morbido, intorpidito dalla notte insonne. "Resta ancora qualche giorno. Non c'è tutta questa fretta di ripartire. Torno tra due giorni. Puoi anche venire alla stazione a farmi compagnia".

Lisa fece una smorfia buffa.

"Uhm... non so se MacLanart sarebbe contento di vedermi. Era piuttosto soddisfatto di sapere che me ne andavo, l'ultima volta che gli ho parlato".

"Ah, non farci caso! È sempre scorbutico con le donne, ma in realtà piacciono anche a lui. Anzi, adesso che ci penso, preferisco che tu non venga affatto alla stazione. Sono piuttosto geloso. Vengo io a trovarti" si abbassò a deporle un bacio sulla gola, là dove era rimasto il segno scuro di altri baci notturni, molto più intensi.

Lisa rise, gettando indietro la testa.

"Come preferisci, signor ranger. Resterò ad aspettarti ancora per un paio di giorni. Ho un po' di lavoro da fare, devo riordinare il materiale che ho raccolto e scatterò qualche foto al villaggio".

"Bene, molto bene!" Turner si staccò da lei con rammarico, ma solo perché portava con sé quella promessa.

La lasciò con un ultimo bacio sulle labbra, poi se ne andò.

Il suo profumo continuò ad aleggiare nella stanza, mentre Lisa tornava a sdraiarsi sulle lenzuola scomposte.

Non era da lei fare la sentimentale, ma abbracciò il cuscino, chiedendosi se quella storia con Turner sarebbe potuta diventare qualcosa di più serio. Non se la sentiva di impegnarsi con un uomo che viveva in maniera totalmente diversa dalla sua. Il fatto che si erano trovati bene a letto non significava nulla. Si era concessa ancora quei due giorni perché aveva il sospetto che le sarebbe stato difficile trovare un mezzo per lasciare Kiritimati nelle prossime ore, tanto valeva approfittare di tutto lo svago che le era messo a disposizione. E Turner era disponibile a *svagarsi* con lei, al contrario di MacLanart.

Aggrottò la fronte, infastidita da quel pensiero molesto.

Perché mai stava pensando allo scozzese, adesso? Era vero, l'aveva intrigata parecchio nei due giorni che avevano passato isolati alla stazione, ma non le piacevano gli uomini che non la adulavano, che non tentavano nemmeno di sedurla. La sua vanità ne era uscita un po' ammaccata.

Doveva ammettere con se stessa che se lui avesse

fatto un primo passo lei lo avrebbe preferito a Turner, ma così non era stato. *Chi tardi arriva, male alloggia*, diceva il proverbio. E non apprezzava nemmeno le sue preferenze verso la vita selvaggia dell'atollo e il suo sprezzo per le regole civili delle grandi città. A lei piacevano le comodità.

Le era piaciuto però anche camminare a piedi nudi sul pontile di legno, svegliarsi con il sole che entrava dalle vetrate, i giochi di luce riflessi dalla laguna e il silenzio innaturale al quale non era abituata. Girare per la Stazione con pochi abiti addosso, in piena libertà, nessun altro pensiero se non il richiamo degli aironi che volteggiavano lenti sopra i loro nidi di paglia.

Si puntellò sulle mani, mettendosi seduta sul letto.

Era forse nostalgia, quella che le stava stringendo lo stomaco?

Per soli tre giorni passati con un uomo che nemmeno la considerava?

Quegli occhi intensi, quel sorriso sbieco, la strafottenza con cui la derideva per la sua goffaggine e le sciocchezze che diceva... le mani forti che l'avevano curata, senza pretendere un ringraziamento, e che l'avevano assistita in silenzio.

Si portò la mano al morso del gatto, coperto da una sottile benda di cotone, ormai in via di guarigione.

Gli doveva la vita. E lei lo aveva deriso e giudicato un selvaggio. Senza conoscere nulla del suo passato e delle motivazioni che lo avevano portato a lasciare i lussi di Santa Barbara per quello scomodo isolotto solitario.

Che stupida!

Come aveva potuto comportarsi così male, non era da lei! Sua madre le avrebbe fatto una sonora ramanzina, se lo avesse saputo.

Ma non poteva più rimediare alla propria

maleducazione, ormai. Doveva ringraziarlo quando era stato il momento. Correre ora alla Stazione per profondersi in scuse l'avrebbe etichettata come una donna supponente e un po' folle. Già MacLanart non aveva una gran opinione di lei. Le avrebbe riso in faccia, rinfacciandole le sue stesse pessime maniere.

Tormentò una ciocca di capelli con le dita, senza trovare una soluzione. Poi si ricordò le foto che aveva scattato nella laguna. Era il meglio che poteva offrire. MacLanart amava gli animali, gli avrebbe regalato uno dei suoi scatti. Avrebbe fatto stampare una delle foto migliori che aveva preso nel suo bighellonare disperato nella laguna, come offerta di pace.

Scese in fretta dal letto e aprì la custodia della reflex per prendere la scheda di memoria dentro la macchina. Ma quando aprì lo sportello trovò l'innesto vuoto. Guardò dentro la custodia, nelle varie piccole tasche che usava per la scheda di scorta e le batterie. Niente.

Fissò il muro, ritornando con i ricordi all'ultima volta che aveva usato la reflex, per ricostruire le sue mosse.

La stazione.

Aveva estratto la scheda per vedere le foto che aveva scattato, inserendola nell'adattatore. E là l'aveva lasciata, collegata al computer. Si era messa a parlare con MacLanart di Fischer, e si era distratta. Aveva riposto la reflex convinta di aver reinserito la scheda, invece no. Tutte le sue foto erano rimaste alla stazione.

Si passò una mano sul viso, pensando in fretta. Doveva chiamare Turner a Benson Point, dirgli di riportarle la scheda quando fosse tornato a London nei prossimi giorni, per il loro appuntamento.

Si vestì in fretta e furia, indossando una t-shirt, un paio di bermuda e gl'infradito, poi corse fuori dal resort.

La strada era trafficata dalle auto dei soccorsi civili e dai fuoristrada degli indigeni. Chiese un passaggio a una famiglia che stava dirigendosi verso il centro di London a bordo di un furgone scalcagnato e si fece lasciare davanti al Comando.

Entrò nell'ufficio del Comandante come una folata di vento, tanto che la Parker la guardò allibita da sopra le lenti, seduta come sempre alla sua scrivania.

"Turner?"

"È tornato a Benson Point. Che sta succedendo, le va a fuoco la camera?"

Lisa le rivolse una smorfia indispettita.

"No. Mi sono accorta adesso di aver dimenticato alla stazione la scheda di memoria della macchina fotografica. Può mandare un messaggio via radio per avvisarlo che quando rientra a London si deve ricordare di portarmela?"

"Lo può fare lei stessa" Lara accese la radio, e le passò il microfono.

Lisa pensò per un istante che la donna volesse metterla in imbarazzo con uno strumento che non sapeva usare. Invece riuscì a sintonizzarsi e avviò la comunicazione con la radio che Turner aveva installato sul fuoristrada. Purtroppo non rispose.

Era probabile che si fosse fermato sulla strada per aiutare i soccorsi civili.

Tentò allora di comunicare con Benson Point, ma anche lì fu sfortunata.

Lara la guardò pasticciare con la radio per un po', poi intervenne con un tono laconico.

"Se ne torni in albergo. Proverò a chiamare io più tardi. Riavrà la sua scheda prima di partire, stia tranquilla".

Lisa si stampò un falso sorriso sulle labbra.

"Ho deciso di fermarmi ancora qualche giorno, se per lei non è un problema".

Il Comandante la fissò corrucciata. Sì, era un problema, ma a lei non importava. Era libera di fare ciò che voleva. L'allarme tifone era passato, il Governo australiano aveva mandato gli aiuti umanitari, il villaggio indigeno era in ricostruzione, e gli alberghi stavano già riaprendo i battenti. Poteva continuare a lavorare indisturbata. Non aveva motivi per cacciarla dall'atollo.

"MacLanart mi aveva assicurato che le avrebbe spedito le foto che ho scattato a Fischer. Le ha ricevute?"

Lara le indicò lo schermo spento del computer, con un gesto di sufficienza.

"Come può vedere, siamo senza elettricità da tre giorni. Le pare che possa ricevere una qualsiasi cosa via internet?"

Lisa alzò le spalle. Per essersi impegnata a catturare quel delinquente, il Comandante non stava dandosi tanto da fare. Ma non spettava a lei giudicare. Era stata fortunata a ritrovare intatta la sua attrezzatura e i documenti, il resto erano affari del Comando dei rangers.

"A Benson Point hanno un generatore, pensavo che anche qui foste attrezzati con energia autonoma. Sulla scheda di memoria che ho lasciato alla Stazione ci sono anche le foto di Fischer. Quando ritorna Turner si ricordi di scaricarle... sempre che le riallaccino l'elettricità. Resto al Captain Cook per almeno un paio di giorni. Ho il mio lavoro da portare avanti. Se le serve la mia testimonianza sa dove trovarmi".

La salutò con una mano, lasciando l'ufficio senza aggiungere altro. Quella donna era indisponente, ma non peggiore di altri ufficiali di servizio urbano che aveva conosciuto a Sidney.

Uscì sotto il sole del mattino, inforcando gli occhiali con le lenti oscurate.

Il traffico dei mezzi di soccorso sembrava non

avere un senso logico, tanto era intenso, sulla strada che tagliava in due London. La cittadina, simile a una discarica di macerie dopo l'esplosione di una bomba, brulicava di persone che si aggiravano tra i rottami e le pareti crollate dei bungalows. I pochi uccelli migratori, sopravvissuti al tifone, si appollaiavano ai margini del villaggio come silenziosi spettatori di una commedia tragica. Cronisti televisivi arrivati con i traghetti della Croce Rossa filmavano la devastazione insieme a fotoreporter di testate giornalistiche.

Senz'altro Kiritimati aveva subito danni ingenti, ma non peggio di altre isole più piccole e meno attrezzate. Senza elettricità in camera non le era possibile vedere i notiziari della CNN, ma immaginava che l'area toccata dalla furia del tifone doveva essere molto più vasta dell'arcipelago che comprendeva le Gilbert Islands e le Line Islands.

Se la batteria del computer portatile era ancora carica poteva tentare di collegarsi al satellite per avere qualche informazione in più sulla situazione meteorologica del Pacifico.

L'altra cosa urgente da fare era noleggiare un'auto, ed essere indipendente negli spostamenti. Aveva avuto intenzione di farlo appena atterrata sull'atollo, se all'aeroporto non avesse trovato tutto chiuso. Non sarebbe stato necessario chiedere un passaggio a Fischer, e si sarebbe potuta risparmiare morsi di gatti, antibiotici, febbre, infiammazioni infettive e soggiorno obbligato in una stazione dei rangers.

Decise di recuperare macchina fotografica e obiettivi per iniziare il reportage. I giorni di vacanza erano finiti, era ora di rimettersi al lavoro.

***

Ed Fischer ancorò la barca a pochi metri dalla barriera corallina. Grazie al fatto che l'atollo era in stato di crisi, e la capitaneria di porto a London era diventata il centro nevralgico per il deposito dei rifornimenti di prima necessità, poteva contare sul fatto che la guardia marittima era occupata a ricevere le merci dei soccorsi umanitari. Non avrebbero badato a una piccola scialuppa di salvataggio a remi, ancorata fuori dalla laguna.

Lo yacht era rimasto al largo, abbastanza lontano perché desse l'idea di un'imbarcazione privata di turisti.

La scialuppa ondeggiò sotto il suo peso, mentre scendeva in acqua sulla battigia.

Fece attenzione a non bagnare lo zaino che estrasse dal fondo della barca, e corse verso le poche palme rimaste in piedi, ma penosamente piegate a terra dal tifone.

La riva di terra rossa saliva come una scarpata di alcuni metri. La scalò in fretta, tenendosi basso, accovacciato sul terreno.

La bassa costruzione di mattoni apparve dietro il palmeto. Non vi era segno di automezzi davanti all'ingresso, e nemmeno il fuoribordo era vicino al pontile.

Strisciò fino al fianco sinistro, cercando di fare meno rumore possibile.

Pareva che la stazione fosse deserta, le imposte chiuse. Non perse altro tempo. Se vi fosse stato qualcuno nei paraggi lo avrebbe già individuato, non vi erano ripari attorno alla costruzione dove qualcuno potesse nascondersi.

Piegato in due corse sul pontile fino all'ingresso, facendo attenzione alla passerella provvisoria, che ondeggiò scricchiolando sotto il suo peso.

Scassinare la serratura fu un gioco semplice, bastò un grimaldello. La porta si aprì su una stanza buia, dove le ombre dei mobili apparvero come fantasmi addormentati.

Tolse dalla sacca una torcia e puntò il raggio

intorno.

Rastrelliera dei fucili, postazione informatica, divani, tavolo, cucina. Controllò nelle stanze che non vi fosse qualcuno, poi tornò nella sala.

Accese il computer e attese con impazienza che si caricasse il programma, poi controllò le cartelle dei documenti.

Lanciò una ricerca e trovò quello che cercava sotto il suo nome.

Date, ore, rapporti di avvistamento. E fotografie.

La data era di tre giorni prima, quando aveva avuto un incontro ravvicinato con i proiettili, nella laguna.

Ma quelle foto da dove saltavano fuori? Non potevano averle scattate i rangers, erano primi piani troppo nitidi.

L'australiana?

Aveva una macchina fotografica e una borsa piena di attrezzatura.

Gli aveva detto che voleva fotografare la fauna e i fiori. Non si era accorto che aveva scattato foto anche a lui. Il luogo era riconoscibile, per chi era esperto della laguna di Kiritimati. Anche la carabina che imbracciava. Nessuno poteva dire che era lì per fare bird-watching. Quelle foto lo inchiodavano.

Erano sufficienti per assicurargli il soggiorno in qualche carcere australiano per un bel po' di tempo.

Quella stupida donna aveva consegnato le foto ai rangers, e adesso la sua faccia stava per essere stampata in manifesti in tutte le stazioni del Great Barrier Reef Marine Park Authority.

Cancellò la cartella delle foto, dei files, dei rapporti. Se era fortunato, grazie al tifone che aveva interrotto la maggior parte delle linee di comunicazione, quelle foto non erano ancora state divulgate.

Rovistò sul tavolo fra alcuni fascicoli protocollari, trovando proprio quello che cercava.

Un dossier che riportava il suo nome, la fedina penale con le impronte digitali, e i rapporti stampati dal file che aveva appena cancellato. Avevano la firma del ranger che lo aveva denunciato: Marin MacLanart.

Il fascicolo era pronto per essere consegnato al Comando, nel caso l'interruzione delle comunicazioni avesse impedito la spedizione del rapporto via internet.

Con un moto di rabbia lo fece a pezzi, augurandosi di aver presto fra le mani anche chi lo aveva compilato.

L'incarico che gli era stato affidato, pagato in anticipo, aveva in lista due persone e il committente era stato chiaro: non importava con quali mezzi fosse riuscito a portare a termine il contratto, a lui interessava il risultato. Ma per prendere uno dei due avrebbe dovuto usare un'esca, un po' come si faceva con gli squali. Sangue fresco. L'odore del sangue era irresistibile.

Le informazioni che gli aveva passato Tituba erano sufficienti per risolvere il contratto e prendersi anche una bella soddisfazione personale.

Il rumore di un fuoristrada, una frenata, passi sull'assito esterno.

Fischer si sentì raggelare. Aveva perso tempo.

La porta si spalancò all'improvviso, e la luce si accese, accecandolo.

"Hey!... Fermo dove sei! Non muoverti!"

Fischer si gettò a terra, rintanandosi dietro al divano.

Afferrò la sacca ed estrasse la Browning. Poi sgusciò di fianco al tavolino, e strisciò sul pavimento a braccio teso.

Esplose due colpi alla cieca, in direzione dei passi.

Attese la risposta, ma sentì solo un tonfo sordo.

Aveva il cuore che gli esplodeva nel petto, la

testa riparata dal divano, la Browning che tremava nelle mani. Aveva centrato il bersaglio?

Se restava lì non lo avrebbe mai saputo. Prese coraggio e tentò di esporsi, la Browning spianata davanti a sé.

Al centro della sala, un corpo accovacciato in una posa amorfa.

Immobile.

Si avvicinò cautamente, puntando l'arma con presa a due mani, il dito sul grilletto pronto a sparare.

Una Sieg-Sauer era caduta accanto alla porta. L'afferrò infilandola alla cintura.

Sferrò un calcio alla schiena immobile, spostando il corpo di qualche millimetro, senza ricevere risposta.

Poi si allungò verso la testa scura, il volto schiacciato sul tavolato del pavimento. Lo rivoltò, portandogli la faccia verso la luce.

Il texano, quel Turner. Lo aveva visto con l'australiana la sera prima, mentre uscivano dal Captain Cook.

Nella confusione dei soccorsi arrivati con i traghetti da Honolulu era riuscito a intrufolarsi tra i volontari e a fare un giretto a London. Nessuno lo cercava sull'atollo, tutti sapevano che aveva lasciato Kiritimati il giorno prima del tifone con la sua barca. Aveva tentato di recuperare le informazioni che gli aveva chiesto lo scozzese, ed era riuscito a sapere in quale stazione lavorava il suo bersaglio. Ma non aveva previsto quello scontro a fuoco. Adesso aveva anche un cadavere sulla coscienza.

"Dannazione!"

Non aveva tempo di controllare che fosse vivo o morto, c'era troppa gente ormai che conosceva la sua faccia. Doveva sbrigarsi a sistemare la questione per cui era stato pagato e andarsene di corsa.

Prima di tutto, togliere ogni traccia del suo passaggio, o avrebbe scatenato anche la polizia di stato australiana.

Recuperò la sacca e si affrettò a mettere insieme le cariche d'esplosivo e il detonatore.

Un lavoretto veloce e pulito.

Se anche vi fosse stata un'indagine, con tutte le armi che tenevano nella stazione si sarebbe pensato a un incidente.

E doveva occuparsi anche della donna del Dipartimento dell'Ambiente.

* * *

La tuonata scosse le pareti del resort.

I vetri tremarono con uno scricchiolio, minacciando di incrinarsi.

Lisa sobbalzò per lo spavento, correndo alla finestra della camera.

Il cielo era limpido e sereno, senza traccia di nuvole. Eppure quel colpo tremendo sembrava figlio di un temporale. Uscì nel giardino incolto e si spostò verso la strada che dava sulla spiaggia, continuando a scrutare il cielo.

Altre persone si stavano raggruppando sul bagnasciuga, alcuni puntando le braccia verso ovest.

Uscendo dal gruppo di palme che impedivano la vista, Lisa riuscì a vedere la nube di fumo nero che il *Trade-wind* spingeva verso London dal South Passage.

"Che sta succedendo?" si avvicinò a una donna indigena che teneva per mano un bambino.

"Sembra un incendio" le rispose in un inglese con la cadenza dialettale dell'atollo. "Da Benson Point".

Le indicò la striscia di terra oltre la laguna, a poco meno di sette chilometri in linea d'aria, da dove si alzava la colonna di fuoco e fumo nero.

Lisa si sentì un brivido freddo lungo la schiena.

"Un incendio? Ma non c'è nulla che possa bruciare là".

"Paris è disabitato" annuì la donna, con aria assorta, riferendosi al piccolo insediamento che era stato abbandonato già da anni, proprio sulla punta dell'istmo di terra. "Poland è più lontano, verso sud-ovest. Laggiù c'è solo la stazione dei rangers".

Lisa ascoltava solo con una parte del cervello. Sapeva cosa stava dicendo l'indigena prima ancora che pronunciasse le parole.

La stazione.

Doveva essere andato a fuoco il deposito delle munizioni.

Turner e MacLanart erano laggiù?

I suoi piedi si mossero da soli, riportandola immediatamente in camera, mentre una piccola folla si stava radunando sulla spiaggia.

La nube di fumo nero calò come una coltre sul villaggio, oscurando il sole. Una pioggia di cenere si posò leggera come neve sul giardino, un attimo dopo che Lisa fu rientrata nella stanza.

Cercò le chiavi dell'auto che aveva preso a noleggio, pagandola profumatamente al padre di Tituba, in previsione delle escursioni che avrebbe intrapreso nei giorni successivi.

Un attimo dopo era già sulla strada principale del villaggio diretta al Comando dei rangers.

Mentre parcheggiava nel cortile dell'ufficio intercettò la Parker che stava uscendo di corsa e la chiamò dal finestrino aperto.

"Non ho tempo per lei, adesso! Se ne torni a fotografare le lucertole!" Lara saltò sul fuoristrada avviando il motore, ma Lisa scese dall'auto e le si piazzò davanti, impedendole di partire.

"Ho sentito un'esplosione! Mi dica cosa sta succedendo. Si tratta della stazione?"

Lara inchiodò il fuoristrada, sporgendosi dalla

portiera.

"Non lo so cosa diavolo stia succedendo. Non mi faccia perdere tempo" le fece cenno di spostarsi e ingranò la marcia.

Lisa si spostò dal parafango e la lasciò passare.

Si strofinò dal viso la cenere che continuava a piovere, insozzandole gli abiti, e seguì con lo sguardo l'auto del Comandante sparire oltre i cespugli.

Aveva un terribile presentimento. L'istinto le suggeriva di guidare fino alla stazione, ma non conosceva la strada. Il tifone aveva sconvolto la geografia dell'atollo, cancellando le piste sterrate, allagandone alcune e interrandone altre. Non sarebbe mai riuscita a girare attorno alla laguna senza perdersi.

La cosa migliore che potesse fare era restare ad aspettare che la Parker tornasse da Benson Point.

Eppure, nonostante il vento caldo e la temperatura equatoriale, sentì un improvviso freddo in tutto il corpo.

Poteva solo sperare che non fosse accaduto nulla di tragico, ma sentiva che era un'illusione.

***

Lo spostamento d'aria arrivò un secondo prima dell'impatto.

Il fuoribordo ondeggiò, rischiando di capovolgersi.

Per istinto, MacLanart si accucciò sullo scafo.

Vetri infranti e schegge di legno gli piovvero addosso con la furia di un tornado, poi il fumo oscurò tutto.

Ringraziò di aver avuto di fronte il parabrezza antiproiettile, che in parte lo aveva salvato dalle schegge. Riemerse dallo scafo portando un fazzoletto alla bocca e al naso per filtrare l'ossigeno dalla nube nera che lo accecava, e virò verso tribordo, in modo da uscire dal banco di fumo.

Riuscì a ormeggiare ad alcune decine di metri dal pontile, in una zona sottovento, saltò sulla sponda di terra e corse verso la stazione.

O almeno, verso quello che ne rimaneva.

Una sfera di fuoco avvolgeva la struttura di mattoni. Dalle vetrate sfondate delle camere uscivano le fiamme rabbiose alimentate dalle scatole di proiettili che esplodevano uno dopo l'altro, di mano in mano che il fuoco divorava gli armadi.

Non riuscì ad avvicinarsi a causa del calore intenso.

Un senso d'impotenza lo fece desistere dal tentare anche solo di provare a spegnere l'incendio. Il fuoco doveva aver già raggiunto il serbatoio del carburante, o addirittura doveva essere partito da lì, altrimenti non si spiegava la potenza dell'esplosione.

Quando il vento spostò la nube verso est vide la carcassa del fuoristrada, capovolta dall'impatto, davanti a quello che una volta era l'ingresso della stazione.

Turner!

Si sentì cedere le gambe dall'ineluttabilità di quella scoperta.

Iniziò a chiamare a squarciagola, cercando di sovrastare il ruggito delle fiamme, ma sapeva che era tutto tempo sprecato.

Si spostò lungo la strada, cercando con gli occhi annebbiati dal fumo, respirando attraverso la tela che ormai faticava a trattenere la fuliggine.

Si allontanò lungo la spiaggia e il palmeto, verso la barriera corallina, cercando la sagoma di un uomo.

Oltre alle carcasse di alcune barche distrutte dal tifone e pesci morti d'asfissia che la marea aveva sbattuto sulla battigia, non vi era altro.

Continuò a camminare tra i detriti e le palme abbattute, aggirando l'incendio come gli era possibile, ma non trovò nulla che potesse assomigliare a Turner.

La cosa migliore che potesse fare era raggiungere immediatamente London e chiedere soccorsi per spegnere l'incendio.

Inciampando tra i rottami e la sabbia ritornò sui suoi passi, saltò sul fuoribordo e lo pilotò verso la capitale.

* * *

La vampata abbagliò il cielo.

Un istante dopo l'onda d'urto spazzò la strada e sollevò le macerie, sbattendole oltre la spiaggia.

Julia sentì arrivare la pioggia di schegge alle spalle.

L'impatto la spinse giù, con rabbia.

Sbatté la testa sulla strada e restò lì, schiacciata a terra, senza respiro.

Il boato l'assordò completamente.

Restò immobile, pietrificata dallo spavento.

Il fuoco, il fuoco...

Parole confuse, suoni, un ruggito di calore.

Qualcosa la strappò dal terreno, contro la gravità che la tratteneva giù. La testa vorticò, la vista si annebbiò.

Un'ombra la scuoteva, tenendola sospesa nel vuoto.

Un volto scuro, sconosciuto.

"Sei Deborah?"

Deborah chi?

"Parla ragazza, sei Deborah MacLanart?!"

Deborah... nessuno più usa questo nome da anni...

"Julia..." mormorò esitando.

Il volto prese lentamente forma. Capelli rossi scarmigliati, una bandana, pelle scurita dal sole.

Occhi di ghiaccio. Un'espressione dura, spietata.

"Sei la sorella del ranger?"

Il cielo riprese colore, la piantagione di palme, gli arbusti bassi. Era ancora a Poland?

Lo sconosciuto la scosse malamente.

"Avanti, sorella, non ho tutto il giorno!"

Julia riuscì a rimettere a fuoco la vista. Il calore divampava dall'incendio. La palazzina del campo medico completamente avvolta dalle fiamme. Lontana, dietro le palme, ma non abbastanza.

Le urla degli indigeni arrivavano fino all'acqua.

L'uomo che la sosteneva aveva mani dure. La trascinò verso una barca, arenata poco lontano.

"Devi essere lei per forza, gli assomigli. Andiamo, abbiamo poco tempo, prima che il ranger si accorga che sei sparita".

La spinse dentro la barca, azionò il motore e ripartì verso il largo.

Julia si accovacciò nello scafo per non cadere in acqua. Sollevò di poco la testa, e vide lo yacht arrivare velocemente verso di loro.

Penelope.

Il nome sulla fiancata le si fissò nella mente come un marchio.

Incredula, si volse verso l'uomo. Sotto lo strato di sporco e fumo riconobbe Fischer, il contrabbandiere.

"Lei. Cos'ha a che fare *lei* con mio fratello?"

"Lavoro. Ben pagato anche, devo ammetterlo. Suo fratello non va tanto per il sottile".

Julia barcollò sotto le parole che l'uomo sputava con una smorfia di soddisfazione.

"Per cosa l'ha pagato?"

"Non mi interessano le sue motivazioni. Io devo portarti da lui e basta".

Il *Penelope* affiancò il fuoribordo.

Venne distesa una scaletta di corda e Fischer spinse in malo modo la suora contro la fiancata perché salisse.

Alle loro spalle l'incendio divorava le chiome delle palme e il sottobosco di arbusti, allargandosi verso le macerie di legname del villaggio. Un fumo bollente e denso si allungava verso l'acqua con la pioggia di cenere, levandosi dalle fiamme rabbiose del focolaio che una volta era stato il campo medico.

Fischer staccò l'ancoraggio dal *Penelope* e virò verso la barriera corallina, lasciandosi alle spalle una spuma ribollente. Aveva ancora una questione in sospeso, prima di abbandonare l'atollo.

Mani robuste afferrarono le braccia di suor Julia e la trascinarono dentro la murata.

Due marinai la sostennero, sospingendola verso sottocoperta. Una breve scaletta di metallo scendeva sotto la cabina di Comando.

Si trovò in una stanza dal lusso pacchiano, il salotto di teck e velluto scarlatto urtava contro le rifiniture d'acciaio satinato dei mobili.

L'uomo che sedeva sul divano, a gambe accavallate, alzò verso di lei un calice di champagne.

"Ciao Deborah. Quanto tempo! Sembra passata un'eternità, vero? Invece è solo un anno".

Julia boccheggiò, fissandolo stordita.

Stessi occhi grigio-verdi, stessi capelli biondi, stesso volto squadrato e volitivo, stessa corporatura.

Se non fosse stato perché era votata a Dio, poteva iniziare a credere nei fantasmi.

Affari di famiglia

Lisa fermò il fuoristrada al piccolo porto di London. Gli indigeni si erano radunati sulla banchina, riparandosi gli occhi dal sole per guardare meglio la colonna di fuoco che saliva dall'istmo di Benson Point. Mani color cioccolato indicavano la bassa boscaglia incendiata, voci frammiste di inglese e gilbertese si intrecciavano di spiegazioni assurde e irrazionali.

Lisa non le ascoltò, percorrendo in fretta la banchina fino al pontile di legno riparato da appena un giorno, dove un paio di fuoribordo erano stati ormeggiati saldamente con le cime.

La seconda esplosione provocò un'ondata di panico. Tutti volsero la testa verso sud-est, gridando per sovrastarsi uno con l'altro. Lisa si fermò dov'era, fissando la seconda colonna di fumo che si sollevava nella direzione di Poland.

"Mio Dio, ma che sta succedendo?" si rese conto di stare parlando a voce alta, quando si sentì afferrare per un braccio. Un'indigena le fece segno di allontanarsi dalla banchina. Le disse alcune parole in gilbertese, ma Lisa scosse la testa. "Non capisco". Poi si scrollò dal braccio la sua presa e si avvicinò a uno dei fuoribordo.

Slegò le cime con le mani che le tremavano, il cervello completamente svuotato da ogni pensiero razionale. Doveva andare subito a Benson Point. Qualunque cosa stesse succedendo, c'erano due uomini che avevano bisogno di aiuto, e non capiva perché Lara fosse passata per la strada invece che prendere un motoscafo per raggiungere prima possibile la stazione.

Tossì, soffocata dalle nuvole di fumo basso che il *Trade-wind* sospingeva a grosse folate contro il porto, trasportando con sé l'odore acre di gasolio bruciato, scorie di plastica e ceneri pesanti. Gli indigeni si spostarono lontano, continuando a urlare grida inconsulte.

Armeggiò con la corda del motore. Il maledetto doveva essersi indurito di salsedine, non voleva saperne di avviarsi. Strattonò la corda ancora una volta, poi dovette sedersi senza fiato su una traversa di legno. Trattenne un singulto di rabbia e impotenza, guardandosi le mani escoriate, maledicendosi per la propria inettitudine.

Sentì il ronzio di un motoscafo che si avvicinava, ma il suo tentativo di voltarsi provocò un ondeggiamento della barca, costringendola ad aggrapparsi e stare ferma per mantenersi in equilibrio.

Vide lo scafo pareggiare la sponda della barca un istante prima di sentire la voce che la interpellava.

"Serve una mano, miss Spencer?"

"Sì ..." il suo cervello registrò un secondo dopo il proprietario della voce, mandandole un brivido lungo la schiena. "No!"

Una mano robusta le afferrò il braccio piegandolo all'indietro.

Lisa urlò, cadendo sulla schiena dentro lo scafo per seguire il braccio che la trascinava.

Il volto squadrato e cotto dal sole le immobilizzò il grido in gola, costringendola a fissare quegli occhi che mai più pensava di rivedere.

"Buongiorno miss Spencer. Spero che si sia goduta la sua vacanza a Kiritimati".

Lisa lottò per liberarsi dalla morsa che le bloccava il polso e la tratteneva giù. Incastrata tra le traverse non riusciva a fare leva per rialzarsi, provocandosi solo uno strappo alla schiena che le fece salire la nausea.

"Non certo grazie a lei, mister Fischer!"

"Ma noi abbiamo ancora un contratto in sospeso, no? Eravamo d'accordo che l'avrei accompagnata a visitare l'atollo. E io mantengo sempre la parola".

L'afferrò con entrambe le braccia e la estrasse dalla barca, trascinandola dentro il motoscafo. La sbatté sul sedile di fianco a sé, legandole le mani con una cima.

Lisa si rese conto che la nuvola di fumo denso aveva allontanato gli indigeni, e che la banchina del porto si era improvvisamente svuotata. Nessuno l'avrebbe aiutata. Nessuno stava guardando dalla loro parte.

"Cosa vuole fare?! Lei è un pazzo!"

"C'è una zona dell'atollo che lei non ha ancora visto. Non era qui per studiare la fauna marina? Le mostrerò Aeon Point, così potrà vantarsi con gli amici del suo reportage".

Le tappò la bocca con una vecchia bandana nera, impedendole di gridargli in faccia tutta la sua rabbia, poi infilò gli occhiali scuri.

Avviò il motoscafo e uscì dalla baia, superando a forte velocità Bridge Point e Cook Island Passage. Alla loro sinistra ardeva l'incendio della stazione, estesosi fino alle rovine del piccolo villaggio di Paris. Voli spaventati di uccelli migratori abbandonavano le spiagge lambite dalle fiamme per portarsi in salvo.

L'impatto con l'Oceano, oltre la barriera corallina, fu traumatico per lo stomaco di Lisa. Oltrepassato North-West Point le acque divennero onde rabbiose che s'infrangevano contro le falesie, mentre aggiravano la costa nord dell'atollo, la più aspra e spoglia.

Lisa riusciva a malapena a restare seduta, sbalzata dalla velocità del motoscafo a pelo d'acqua. Le passò per la testa, per un solo istante, l'idea di buttarsi fuori bordo. Gettò un'occhiata al fondale nero, tenendosi aggrappata al sedile.

Fischer aveva seguito il suo sguardo con un ghigno.

"Non le consiglio di fare quello che pensa. Qui

sotto ci sono gli squali, quelli che la barriera corallina tiene lontano dalla baia. E lei mi serve viva, ho ancora un pesce da pescare".

Lisa gli rese lo sguardo con sufficienza. Non aveva idea di cosa intendesse fare Fischer. Il cervello stava riprendendo a funzionare, e quella situazione le sembrava tra le più assurde. Cosa voleva da lei quel delinquente? Morse la bandana a strattoni, tentando di sciogliere il nodo stretto che le impediva di parlare.

Il colpo la centrò in pieno viso, mandandola a sbattere contro la fiancata del motoscafo. La vista si oscurò, e la testa divenne un mostro di dolore che partiva dagli occhi per allargarsi fino alla nuca.

"Se ne stia buona. Vorrei tanto gettarla agli squali, ma è possibile che ritrovino il suo cadavere, o almeno alcuni pezzi. Stia certa che mi libererò di lei, ma lo farò in modo che non venga ritrovata. E non ci saranno altri testimoni".

Lisa ansimò, senza riuscire a trattenere le lacrime. Un muro nero, lampeggiante di rosso, era tutto ciò che riusciva a focalizzare.

Non ci saranno altri testimoni...

Testimoni di cosa? Fischer aveva saputo della sua denuncia? Senz'altro doveva essergli arrivata notizia del mandato di cattura emanato dal Comando dei rangers e probabilmente gli aveva scatenato dietro la polizia marittima australiana, oltre che i cacciatori di taglie. Sapeva anche delle foto?

Le foto erano alla stazione...

La stazione era bruciata.

MacLanart!

Turner!

Non ci saranno altri testimoni...

"Ho un conto in sospeso con MacLanart, ma non sarò io a saldarlo. A quanto pare qualcun'altro ha la precedenza. Ma almeno il suo compare non potrà raccontare in giro ciò che ha visto".

Fischer terminò il suo monologo infilando in bocca un sigaro cubano.

Lisa sentì il sangue defluirgli dal corpo.

Jim morto. Jim, che l'aveva salutata poche ore prima, chiedendole di restare a Kiritimati. Un improvviso senso di vuoto la sopraffece, lasciandola esausta.

Solo la notte prima si era sentita felice tra le braccia di Jim, e ora era un ricordo orribile che avrebbe dovuto conservare per sempre.

MacLanart invece era ancora vivo? Ma per quanto? Chi era l'altro complice di Fischer che aveva conti da saldare con il ranger?

Sopra di loro una nuvola d'ombra oscurò per un attimo il sole.

Lisa, la vista che lentamente riprendeva lucidità, scorse per un breve istante un piccolo aereo da turismo sorvolare l'oceano e dirigersi verso l'aeroporto Cassidy.

Gallway...

Pregò con tutte le sue forze che Gallway stesse guardando l'oceano. Pregò che desse segno di averli visti. Pregò le cose più assurde che la disperazione le stava facendo passare per la testa.

Non poteva vederli. Non li avrebbe potuti vedere.

Chiuse gli occhi lasciandosi cadere contro il sedile, stordita dal pugno che Fischer le aveva abbattuto sul viso.

Quanto era stata stupida!

Veramente aveva creduto di poter diventare una famosa fotografa denunciando un malfattore che aveva fatto della propria vita un elogio al crimine? Le sue foto avevano solo ottenuto il risultato di provocare la morte di due uomini. E probabilmente anche la sua.

* * *

"Tu sei morto".

Suor Julia si strinse le ginocchia con le dita, rannicchiata sul divanetto scarlatto, tremando per lo shock. L'uomo che aveva di fronte era un orrendo scherzo del destino, il peggiore che il suo povero cuore potesse sopportare.

Dopo averlo creduto morto per un anno, ricompariva bello come il sole e più in forma che mai, come se non fosse mai scomparso. Come se il calvario delle ricerche e delle notizie frammentarie e contrastanti non fosse mai esistito.

E rideva, traendo soddisfazione nel vedere il suo viso sconvolto.

"Beh, ti ringrazio per l'incredulità. Ma mi aspettavo un'accoglienza migliore da mia sorella".

"Tutti dicevano che eri morto. I bollettini del Ministero degli Esteri davano per scontato che tu fossi morto".

"Se continui a ripeterlo, magari ci credo anch'io". Si sporse verso di lei, posando una mano sulla sua, gelida. "Come vedi si sono sbagliati. Sono vivo, e sono qui per sistemare i conti con voi due".

Suor Julia rabbrividì, fissando a occhi sgranati il gemello di Marin. Così simili nel volto, così diversi nel carattere.

"Conti? Di che stai parlando? Dimmi dove sei stato, cosa ti è successo!"

L'uomo si raddrizzò con una smorfia che doveva essere un sorriso di soddisfazione.

"Oh, sei curiosa? Vuoi sapere come ho passato l'ultimo anno in cui voi fratellini portavate fiori sulla mia tomba?" si versò una buona dose di liquore in un calice di cristallo e lo levò alla sua salute, prima di svuotarlo in un colpo solo.

"Andrew non scherzare". Suor Julia intrecciò le dita delle mani per controllare il tremito. "Siamo impazziti dall'angoscia, non hai idea..."

"Non ho idea? Oh, sì. Ti assicuro che un'idea l'ho avuta. I miei carcerieri sono stati molto persuasivi in questo senso".

"Il governo nigeriano ci aveva fatto sapere che i negoziatori avevano perso i contatti con i tuoi sequestratori... Hanno ritrovato il *Penelope* alla deriva al largo di Lagos, con il tuo skipper morto. Il Ministero degli Esteri ha rinunciato alle ricerche, non sapevano nemmeno loro come riprendere le comunicazioni con i sequestratori..."

"Una banda di pirati. Sarebbe bastato pagare il riscatto. Perché non avete pagato?" il volto dell'uomo era una maschera di pietra.

Suor Julia gli vide scivolare via dagli occhi ogni espressione umana, lasciando il posto a un gelido sguardo accusatorio, talmente carico di odio che se ne sentì sopraffatta.

"Noi... il Ministero ha bloccato i conti bancari..."

"Sì, certo. Come se non aveste avuto altro a disposizione che i conti della matrigna. Vuoi farmi credere che non siete stati in grado di raccogliere le seicentomila sterline per il riscatto, con tutti gli agganci politici che abbiamo?"

"Abbiamo provato!" Suor Julia balzò in piedi, bianca come un lenzuolo. "Ci stai accusando di non aver fatto tutto il possibile per salvarti?"

"Immagino che tu lo abbia fatto, per quanto ti era possibile da questo posto dimenticato da Dio. Ma mi sto chiedendo se la stessa cosa vale per Marin".

"Ma che stai dicendo?! Non ha mai smesso di cercarti, ha mandato altri negoziatori a Lagos..."

"È quello che ti ha fatto credere. Dopo quindici giorni che ero tenuto prigioniero in quella maledetta stiva, i pirati mi sono venuti a dire che non intendevate pagare il riscatto, né che il governo inglese avrebbe mosso un dito per tirarmi fuori da lì".

Suor Julia scosse la testa, incredula.

"Non è così, ti hanno mentito".

"Mentito o no, è quello che hanno detto a me. E ti assicuro che quando hai un kalashnikov puntato alla testa credi a qualunque cosa ti venga detta, vera o falsa".

Andrew accavallò una gamba sull'altra, la smorfia che si allargava in un ghigno demoniaco.

Suor Julia sentì la barca ondeggiare e strattonare l'ancora, sotto l'effetto del vento. Non riusciva a capacitarsi di quello che stava accadendo. Andrew vivo, dopo un anno di assoluto silenzio, scomparso durante il suo viaggio in barca attorno all'Africa. Prigioniero di pirati nigeriani. Le trattative fallite dopo due mesi, l'abbandono delle ricerche.

Ci avevano detto che era morto!

Poi si era aggravata la loro matrigna, sopraffatta dal dolore per la perdita di Andrew. Il cuore aveva ceduto, e l'intervento chirurgico di Marin non era servito a nulla.

Ma adesso Andrew era lì di fronte a lei, lo stesso volto affascinante che difficilmente si distingueva da quello di Marin.

"Come..."

"Come ne sono uscito? Un blitz degli americani. I pirati avevano sequestrato alcuni turisti americani su uno yacht vicino alle coste del Senegal. Non hanno perso tempo in trattative, loro. I marines sono arrivati di notte e ci hanno liberato. Non solo, ho recuperato anche il *Penelope*. Lo avreste saputo se non vi foste infossati a vivere in questo posto senza TV e telegiornali". Con il movimento di un felino si alzò languidamente, prese un fascicolo di carte da un ripiano e lo lasciò cadere sul basso tavolino di fronte al divano. "E ora che ci siamo così affettuosamente ritrovati, vorrei che firmassi un po' di documenti, sorellina".

Ancora sconvolta dalle ultime rivelazioni, Suor Julia fissava i documenti senza capire.
"Cosa sono?"
"Il passaggio di proprietà dei beni dei MacLanart a me, compresi i capitali investiti".
"Cosa? Io non..."
"Ah, sì! È vero, la tua fede ti ha obbligato a rinunciare ai beni terreni. Ma riguarda solo te, non la tua congrega, a cui hai ceduto l'atto testamentario della nostra matrigna. Ho impugnato il testamento, naturalmente, mi stavo dimenticando di dirtelo. Basta solo la tua firma dove dichiari che rinunci alla tua eredità a mio favore. Non serve altro. Poi andrò a cercare quel vigliacco di mio fratello che non ha esitato a lasciarmi nelle mani dei pirati per avere tutta l'eredità per sé. E regolerò i conti anche con lui".
Suor Julia si sentì perdere l'equilibrio, ondeggiare con la barca. Guardava Andrew, il fantasma di quello che era stato il suo amato fratello, trasformato in un perfetto estraneo e pronto a prendersi una vendetta di cui lei non capiva i termini.
"Io non posso..."
L'afferrò per la gola, sbattendola contro il divano con tutto il suo peso.
La mano strinse il collo sottile, schiacciandola sulla spalliera, impedendole di respirare.
Suor Julia boccheggiò, gli occhi sgranati e pieni di orrore che fissavano il volto dell'uomo a pochi centimetri dal suo. Il volto di un pazzo, distorto dalla rabbia. I polmoni le stavano scoppiando, e la vista stava colorandosi di un rosso cupo. Un rombo le martellava nelle orecchie, decretando gli istanti che ancora le restavano prima di smettere totalmente di respirare.
"Tu farai quello che ti dico, mia cara. E lo farai subito".

Suor Julia riuscì ad annuire, sentendosi ormai perdere i sensi.

Andrew tolse la mano in fretta, l'afferrò per le spalle e la tirò in piedi, spingendola contro il tavolino.

Suor Julia cadde in ginocchio, sbattendo le braccia sul ripiano di vetro satinato. La vista annebbiata e la gola in fiamme, il respiro che finalmente riprendeva la via dei polmoni, erano l'unica cosa a cui riusciva a pensare in quel momento.

L'uomo le mise tra le mani una penna a sfera.

La suora sentì le lacrime bagnarle il viso. Suo fratello Andrew, per lei, era morto due volte.

Ovunque tu sia

La seconda esplosione arrivò come un'eco distorto, portato dal *Trade-wind*.

MacLanart non la sentì distintamente, ma la percepì attraverso i sensi, come una scarica elettrica sottopelle. Rallentò la corsa del fuoribordo e si volse a guardare alle proprie spalle.

La seconda colonna di fuoco si levava da oltre le dune terrose, dietro le coltivazioni di cocco. Un mostro che divorava la vegetazione con le sue braccia scarlatte, sollevando nell'aria volute nere e vermiglie, come se avesse voluto unirsi al suo gemello scoppiato a Benson Point.

In uno sprazzo di coscienza, mentre fissava attonito quel macabro spettacolo, si rese conto che il secondo incendio era sulla costa sud-ovest, dove sorgeva la missione di Poland.

Deborah!

Le mani si mossero in maniera distaccata dal cervello. Virarono il fuoribordo e spinsero la prua verso il South Passage. Abbandonò le acque tranquille della laguna e oltrepassò la barriera corallina, che come un taglio preciso divideva il basso fondale dai duecentocinquanta metri di profondità della riva dell'oceano.

Nonostante viaggiasse alla massima velocità consentita dal motore, gli sembrava di muoversi lento come una lumaca.

Le onde agitate al di fuori della barriera rallentavano la sua corsa. La costa incendiata sembrava una meta lontana e irraggiungibile, e il fuoco era una belva che si muoveva in fretta, inghiottendo qualunque cosa sul suo percorso.

Quando aggirò finalmente la scogliera vide per primi gli indigeni raggruppati sulla spiaggia, che avevano organizzato una catena umana per spegnere l'incendio. Pescavano l'acqua dall'oceano con grandi secchi di latta e la trasportavano fino al campo medico, un intrico fiammeggiante di macerie.

MacLanart abbandonò il fuoribordo sulla battigia e corse verso l'inizio della colonna di indigeni. L'anziano missionario cattolico dava ordini in francese e gesticolava, mentre due suore tentavano di trascinarlo via dalla colonna per obbligarlo a mettersi al sicuro dal fuoco.

Il ranger gli si parò davanti, costringendolo a prestargli attenzione.

"Dov'è suor Julia?! Cos'è successo qui?!"

"Un'esplosione!" il vecchio padre lo guardò con aria affranta. Quando si rese conto della domanda e si accorse che mancava una delle suore si accasciò sulle gambe. La tunica bianca, diventata ormai di un nero viscido, lo faceva sembrare un corvo raggrinzito e tremante. Aveva un ematoma violaceo sul volto, dovuto forse a un oggetto che lo aveva colpito. Una delle missionarie gli mise in mano una tazza d'acqua, l'altra corse a cercare bende e disinfettante alla canonica, dopo essersi assicurata che il ranger sarebbe rimasto accanto al sacerdote.

"Dov'è suor Julia? Dov'è mia sorella?!" MacLanart lo afferrò per le braccia, costringendolo a pensare a quello che gli stava chiedendo.

Il missionario scosse la testa, gli occhi sgranati a fissare il vuoto.

L'altra suora non seppe rispondere. Si trovava al villaggio nel momento dell'esplosione, a tenere raccolti i bambini mentre gli adulti lavoravano attorno alle capanne distrutte dal tifone. Suor Julia era rimasta con lei fino a qualche ora prima, poi era tornata al campo medico per assistere un indigeno che si era ferito con un attrezzo di ferro. Era l'unico medico presente, il dottor Burton era stato chiamato in una delle piccole aziende agricole fuori da Poland per un infortunio.

Ma dall'istante dell'esplosione non avevano più visto suor Julia.

MacLanart si sentì spezzare qualcosa dentro. Credeva di non aver più niente al posto del cuore, dopo che la sua matrigna si era spenta sotto l'operazione chirurgica. Era convinto di aver estirpato, insieme ai ricordi, anche quel poco di sentimento che una volta lo aveva reso umano. Deborah vi era riuscita: aveva sradicato i legami familiari, gettato al vento una carriera in medicina, cancellato il proprio nome, annullato venticinque anni di vita.

Era diventata suor Julia, sua sorella non esisteva più.

Eppure il legame di sangue non si poteva interrompere per un giuramento fatto a Dio. Qualunque giuramento fosse, aveva il dovere di proteggere sua sorella!

Deborah non era morta, lo avrebbe sentito, lo avrebbe saputo! Era lì, da qualche parte, ma non era morta.

Il missionario lo afferrò per un braccio con una morsa che gli provocò una fitta di dolore.

"Chi è stato? Tu sai chi è stato?"

MacLanart fissò gli occhi del vecchio sacerdote, iridi di un celeste slavato che contenevano solo vaghi sprazzi di lucidità. La follia sembrava averlo risucchiato in un guscio, dove la coscienza dell'uomo si era ritirata in cerca di un rifugio tranquillo, lontano dalla realtà.

Non sapeva cosa stava succedendo, ma nemmeno aveva il coraggio di dirlo al missionario.

Si rese conto del calore generato dall'incendio, del fumo che li stava accecando e intossicando, delle urla degli indigeni che tentavano con ogni mezzo di controllare le fiamme. E il ruggito della belva, alimentata dalle poche cose infiammabili che

restavano dentro il campo medico dopo il tifone.
Era finito in un inferno.
Guardò la suora, una donna minuta di un'età indefinibile.
"Accompagni padre Antoin alla missione. Io cerco mia sorella".
La suora annuì ripetutamente, incoraggiando il religioso a sollevarsi da terra, e lo trascinò verso la chiesa.
"Marin!"
Il ranger si alzò dal terreno marcio d'acqua e cenere e guardò la sagoma della donna che correva nella sua direzione. Aveva abbandonato il fuoristrada sulla carraia che attraversava il villaggio, e fendeva la folla degli indigeni a gomitate.
Il cervello si rifiutava di incasellare le informazioni che la riguardavano, fino a quando gli fu quasi di fronte.
"Lara. Cosa ci fai qui..."
La fissò come se fosse stata un'aliena, poi scartò la sua presenza come non rilevante e si mosse per cercare sua sorella.
Lara lo afferrò per la manica della mimetica, strattonandolo.
"Marin! *Tu* cosa fai qui?! Cosa diavolo sta succedendo? Dov'è Turner?!"
MacLanart tornò a guardare il viso seducente del Comandante, distorto dallo sguardo sconvolto, affumicato dalle raffiche di vento che spargeva ovunque la cenere dell'incendio.
La voce gli uscì rauca, quasi non la riconobbe come propria.
"Jim è morto. Mia sorella... non trovo mia sorella..." tornò a voltarsi verso l'incendio, come se dal rogo potesse emergere suor Julia per rassicurarlo che era solo un brutto incubo, come faceva quando erano bambini.

Lara cercò di capire le parole frammentate, senza riuscire a dargli un senso.

Quando si rese conto che quell'uomo era sotto shock lo trascinò con sé, verso il fuoristrada.

Lo costrinse a sedersi sul sedile, nonostante le proteste, e ravviò il motore.

"Dove stai andando... devo cercare Deborah..." MacLanart sembrò risvegliarsi dallo stato confusionale e accennò a scendere dal mezzo, ma Lara lo afferrò al braccio, sterzò il volante e partì il più fretta possibile.

"Ti porto all'ambulatorio a London. Non azzardarti a scendere. Hai un brutto taglio sulla fronte e stai farneticando. Mando gli altri ragazzi a cercare suor Julia. Vedrai che la troveranno".

MacLanart portò la mano al volto e sentì una sostanza calda e vischiosa appiccicarsi alle dita. Doveva essere rimasto ferito all'esplosione della stazione. Guardò il liquido rosso scuro sul palmo della mano, quasi senza vederlo. E come se avendone preso coscienza gli avesse anche dato un nome e una sostanza, il taglio iniziò a fargli un male d'inferno. Lo tamponò con un fazzoletto sporco di fuliggine, non avendo altro sotto mano. Aveva la vista annebbiata e si rendeva conto che non era solo a causa del fumo, ma anche del taglio che pulsava come un martello dentro la sua testa.

Lara intanto armeggiava con la radio per comunicare agli altri rangers sparsi sull'atollo di convergere a Poland, iniziare le ricerche di suor Julia e controllare che non mancasse nessun altro dal campo medico. Mandò un uomo a cercare il dottor Burton nella piantagione per farlo rientrare prima possibile, se non si fosse accorto dell'incendio.

Ma si chiese chi non se ne fosse accorto. Le detonazioni si erano sentite per miglia di distanza e gli incendi si potevano certamente vedere dalle altre isole.

Spinse il fuoristrada sulla pista sterrata a forte velocità, evitando le buche e le palme cadute sul percorso. Animali selvatici e uccelli migratori attraversavano in fretta la pianura, allontanandosi dalle fiamme e dalle volute tossiche del fumo, spostato dal vento che soffiava a forti raffiche.

Un grosso gatto saltò fuori dagli arbusti e attraversò la strada per ripararsi tra le saline. Per istinto sapeva che doveva portarsi verso l'acqua. Lara fu costretta a frenare per non investirlo.

MacLanart si aggrappò al telaio del parabrezza per evitare di sbattervi contro, poi le mise una mano sulla spalla.

"Rallenta o ci farai ammazzare tutt'e due".

La donna prese un respiro profondo, e quando si volse incrociò lo sguardo intenso del ranger. Non aveva più quell'ombra di smarrimento di poco prima, sembrava ritornato in sé.

"Sei sicuro che Turner..."

"Il fuoristrada era bruciato, davanti alla stazione. L'ho cercato ovunque lì attorno. Speravo che fosse uscito di casa prima dell'incendio, invece... Non è stato un incidente, vero?"

"Non ne sono sicura". Lara inghiottì l'incertezza, sfregandosi il viso dalla cenere. "Due incidenti di fila?"

MacLanart non riuscì a trovare una risposta. La donna scosse la testa e riprese a guidare.

Anche correndo più in fretta che poteva, la strada che seguiva il perimetro della laguna era piuttosto lunga fino a Poland.

MacLanart si diede dello stupido. Avrebbero dovuto prendere il fuoribordo.

Quando il fuoristrada si fermò davanti al Comando, Lara vide uno dei suoi uomini venirle incontro di corsa. Magro e calvo, il volto scavato in cui i piccoli occhi neri spiccavano come spilli, Wells era addetto alla segreteria del Comando, ma a causa della scarsità di personale era stato mandato anche lui a dare una mano al villaggio. Aveva la divisa in disordine e una tasca delle braghe strappata.

"Comandante, è meglio che venga subito alla radio".

"Cosa succede ancora? Cerca un medico dei soccorsi civili, MacLanart ha un taglio che deve essere ricucito".

"Sì, signora. Ma venga subito, è importante!"

Wells quasi la trascinò dentro il Comando, seguito da MacLanart che cercò un posto dove sedersi.

Le gambe non lo reggevano bene. Il taglio doveva essere più brutto di come sembrava.

Lara afferrò il ricevitore della radio parlandogli dentro come se avesse voluto inghiottirlo.

"Sono Parker".

"Comandante Parker! Finalmente ho il piacere di parlarle di persona!"

Lara guardò la radio come se la testa a cui apparteneva quella voce sconosciuta avesse potuto sbucare fuori dai transistor all'improvviso.

"Chi è lei? Come fa a conoscere le frequenze dei rangers?"

"Calma, non si agiti. Una domanda alla volta. Il mio nome è Edward Fischer, e credo che non sia necessario aggiungere altri dettagli alla mia presentazione".

MacLanart balzò dalla sedia, raggiungendo Lara al tavolo della radio.

La donna gli intimò di tacere con un gesto della mano. Ma dalla luce febbrile che vide negli occhi dell'uomo iniziò anche lei a fare due conti su quello che stava succedendo.

"Certo che ti conosco, Fischer. Ho la foto della tua faccia appesa allo specchio del bagno".

"Quale onore, Comandante! Non sono cose che tutti riescono a ottenere... avere accesso al suo bagno..."

"Dimmi cosa vuoi, Fischer".

"Oh, voglio parecchie cose. Ma nella vita è difficile avere tutto. Però sono riuscito a fare in modo che, con un po' di fortuna, potrei ottenere almeno il meglio dalla situazione precaria in cui mi trovo. Vede Comandante, in questo momento la mia massima aspirazione sarebbe quella di poter scambiare due parole con uno dei suoi uomini. MacLanart, per la precisione".

"È qui con me. Cosa vuoi da lui?"

"Ma guarda che fortuna. Perché non me lo passa? Così spiegherò personalmente al signor MacLanart i miei desideri".

Il ranger strappò di mano il ricevitore al Comandante, ignorando l'occhiata di fuoco che la donna gli rifilò.

"Sono qui. Parla".

"Bene. Noto con piacere che non eri a Benson Point e nemmeno a Poland". Una risatina rauca arrivò come una scarica elettrica attraverso l'etere.

Fischer si stava divertendo.

MacLanart rabbrividì nonostante la temperatura equatoriale. Se all'inizio il suo era stato solo un sospetto, adesso era diventata una certezza. Non si era trattato di incidenti. Scambiò un'occhiata di consapevolezza con Lara, ma mantenne ferma la voce.

"Cosa vuoi da me, Fischer?"

"Oh, è molto semplice. Ma te lo spiegherò meglio quando verrai a trovarmi di persona. Ho qui un'amica che avrebbe tanto piacere rivederti... dì qualcosa mia cara, saluta il ranger".

"MacLanart! Non venire qui! Vuole ucciderti! Ha già ammazzato Jim!"

Vi fu un trambusto, poi un lungo silenzio.

MacLanart si sentì gelare il sangue. Fissò il ricevitore che gli tremava nella mano, mentre il cervello funzionava a ritmo serrato.

L'australiana.

La voce era di Lisa Spencer. Ma non era ripartita per l'Australia? Cosa ci faceva ancora sull'atollo?

Cercò la risposta negli occhi di Lara, ma la donna continuava a scuotere la testa incredula.

"L'ho vista poche ore fa... era qui a London..." Unì le mani in una muta preghiera, portandole al viso.

MacLanart abbaiò quasi dentro il ricevitore.

"Fischer. Rispondi, bastardo".

"Non è necessario essere offensivi. Sono qui ad ascoltare, signor ranger".

"Cosa stai combinando?! Perché la Spencer è con te?"

"Perché, perché, perché... Quante domande!" il tono laconico del cacciatore lasciò improvvisamente posto a un ringhio secco e rauco. "Io sono un uomo d'affari, amico. Mi facevo i miei e tu ti facevi i tuoi, ed era tutto perfetto. Fino a che hai deciso di volerti impicciare di cose che non ti riguardano. Ma a me non sta affatto bene. Se vuoi riportare a casa viva la ragazza vieni a Aeon Point e ci accorderemo per una soluzione che piacerà a entrambi. Ah, evita di portare con te l'esercito. Ho un'assicurazione sulla vita a cui tu tieni molto, senz'altro più di questa sgualdrina australiana".

"Assicurazione?"

"Hai presente la tua sorellina suora?"

MacLanart si aggrappò al bordo del tavolo, sentendosi montare dentro una collera fredda, e l'improvviso desiderio di uccidere quell'uomo.

"Cosa c'entra adesso Deborah... dov'è mia sorella?! Se le hai fatto del male ti giuro che..."

"Vieni da solo. Ti consiglio di sbrigarti. C'è anche una bella sorpresa per te".

* * *

Lisa non riusciva a controllare il tremito convulso.

Per un po' aveva provato a calmarsi rallentando la respirazione, canticchiando sottovoce un ritornello, poi aveva rinunciato.

Le aveva bloccato i polsi con del filo di nylon per canne da pesca, che se provava a tendere le tagliava la carne, e l'aveva legata alle sbarre di un finestrino piuttosto alto da terra, costringendola a restare in piedi a braccia tese contro il muro.

Il sole entrava in un unico fascio incandescente.

Aveva tentato in ogni modo di spostarsi, ma riusciva a riparare solo un lato del viso, l'altro era per forza di cose esposto al sole.

Aveva scelto dunque di riparare la parte che il bastardo le aveva colpito con un pugno. Sentiva l'ematoma gonfiarsi e premere contro i muscoli facciali, provocandole un dolore lancinante e insopportabile.

L'aveva mollata lì sotto, in quello scantinato, dopo lo scambio di battute via radio.

Aver sentito la voce di MacLanart l'aveva in un certo senso rincuorata, anche se Fischer stava preparando una trappola per il ranger. Almeno era sicura che era vivo. Se solo non si fosse fatta catturare così stupidamente! Sarebbe bastato un attimo, se quel dannato motoscafo si fosse avviato. Avrebbe potuto avvertire MacLanart che Fischer era sull'isola.

Poi si diede nuovamente della stupida. Era solo colpa sua.

Fischer era stato stranamente loquace mentre la legava. Aveva trovato le foto, le aveva detto. Sapeva che la denuncia era scattata a causa sua, l'unica che poteva testimoniare di averlo visto nella laguna a cacciare gli uccelli protetti.

Se solo non avesse dimenticato la scheda di memoria alla stazione! Ma in ogni caso Fischer lo avrebbe saputo anche in seguito.

Potevo evitare la morte di Jim.

Chiuse gli occhi, sopraffatta dal ricordo della notte prima. Sembrava fosse passata un'eternità. La cosa che più l'addolorava era che stava dimenticando il volto di Jim. Era una sagoma indistinta, un ricordo che lentamente sbiadiva, come se non avesse avuto un aspetto ben definito.

Sentì i muscoli della schiena iniziare a dolere, contratti dal tremito delle braccia.

Non sapeva quanto ancora sarebbe riuscita a restare in piedi in quella posizione anomala, ma se le gambe avessero ceduto tutto lo sforzo sarebbe passato alle braccia e sarebbe stato peggio.

La porta di ferro si spalancò con un colpo, sbattendo contro il muro.

Fischer entrò sfregandosi le mani. Dalla cintura dei pantaloni sporgeva l'impugnatura di un'arma, ma non sembrava intenzionato a usarla su di lei.

Lisa lo scrutò di sbieco, in attesa della prossima mossa del cacciatore.

"Hey, non guardarmi con quella faccia da compatimento, signorina! Io sto solo facendo la mia parte. Vedrai che il tuo amico ranger arriverà in fretta a salvarti". Controllò che il cavo di nylon fosse fissato bene alle sbarre, poi le afferrò il viso con una morsa. "È stato un piacere conoscerti, ma la nostra passeggiata nella laguna finisce qui. Io ho fatto la mia parte e ho preso i miei soldi. Tra poco questo posto sarà pieno di rangers da scoppiare e devo levare le tende".

Lisa scosse la testa per liberarsi dalla sua mano. Se solo vi fosse riuscita, lo avrebbe morso molto volentieri.

"Non ce la farai a scappare! Ti staranno addosso, non ti permetteranno di uscire dall'atollo".

"È qui che ti sbagli, mia cara. Io mi sono assicurato un passaggio fuori da Kiritimati, mentre tu resti qui a fare compagnia al tuo ranger... vedrai che sarà divertente!" Fischer la schiacciò contro il muro, bloccandole la bocca con la sua in un bacio osceno.

Lisa si divincolò con tutta la forza che aveva, sentendosi salire la nausea dallo schifo. Gli sferrò un calcio alla cieca e sentì il piede sbattere contro carne dura e ossa.

Fischer arretrò di colpo, tenendosi una gamba con entrambe le mani.

"Sei una piccola gatta selvatica, vero? Peccato non avere il tempo per approfondire la nostra conoscenza. Potrebbe essere stato interessante. I preliminari sono stati piacevoli..." Si massaggiò la bocca, sghignazzando con un'espressione soddisfatta.

Lisa volse il capo dall'altra parte, per non guardarlo. Stava cercando in tutti i modi di trattenere l'ondata di nausea che l'aveva assalita, costringendo la rabbia a prendere il posto a quelle stupide lacrime che salivano dietro agli occhi. Non doveva piangere. Non doveva fargli vedere che era più debole.

Il rumore di un mezzo che si avvicinava le fece perdere un battito del cuore. Alzò il viso verso il finestrino, tentando di aggrapparsi alle sbarre per riuscire a vedere fuori.

Fischer si raddrizzò, estrasse l'arma e controllò il caricatore.

"Bene, sta arrivando la cavalleria a salvarti. Noi ci salutiamo qui. Buona permanenza sull'atollo... e mi raccomando: sta attenta agli uragani".

La lasciò con un sogghigno, correndo verso il lungo corridoio sotterraneo che lo avrebbe portato all'uscita.

Lisa non gli diede peso, impegnata a cercare di

far leva sui gomiti per afferrare le sbarre.

Riuscì solo scorticarsi le braccia contro il davanzale. Anche alzandosi sulle punte non arrivava a sporgere più della fronte.

Allora iniziò a gridare più forte che poteva, mentre il rumore dell'automezzo si intensificava.

* * *

Aeon Point era il luogo più deserto di Kiritimati. Durante il periodo più intenso della guerra fredda tra Stati Uniti e Unione Sovietica, era stata la base operativa d'appoggio per la sperimentazione nucleare americana e inglese, tra il 1957 e il 1962, nel Pacifico. Gli inglesi avevano utilizzato l'atollo nell'operazione "Grapple" per testare le esplosioni nucleari della portata di circa un megatone. Il 15 maggio 1957 si era effettuato il primo test inglese, con il supporto logistico della portaerei HMS Warrior, dalla quale erano decollati i velivoli che avevano raccolto i campioni di prove nelle zone contaminate dalla radioattività. Successivamente Aeon Point era stata utilizzata dagli americani per l'operazione "Dominic I", in cui furono fatte esplodere ventiquattro bombe termonucleari.

Abbandonato nel 1962 dopo l'ultimo esperimento atomico, la pista per il decollo dei Vickers Valiant[4], che avevano trasportato la bomba H, si era trasformata in un posto solitario e infestato dalle erbacce. La rete di recinzione che delimitava il perimetro militare era stata tagliata in vari punti dai turisti curiosi e sfondata dai gatti selvatici a caccia di ratti che nidificavano nelle casematte abbandonate. Quella che era stata la torre di controllo era ora un edificio scrostato, dalle finestre sfondate e le porte divelte dagli ultimi tifoni.

---

4 Vickers Valiant: aerei militari utilizzati per il trasporto della bomba H.

Il cancello d'ingresso era spalancato, arrugginito sui cardini.

Il fuoristrada della Parker entrò a grande velocità, dirigendosi direttamente verso la torre di controllo.

MacLanart saltò fuori quando il mezzo era ancora in frenata, correndo verso la struttura di cemento.

Le urla della donna arrivavano uno stretto finestrino sbarrato dalle inferriate, a filo del cemento.

Il ranger fece un cenno veloce verso la Parker.

"Lisa è qui dentro! Vai agli hangars! Cerca Fischer!"

Il Comandante annuì, e riprese velocità dirigendosi verso i capannoni.

Il ranger invece infilò l'antro semibuio degli uffici, chiamando più forte che poteva.

Gli rispose una voce soffocata dai muri spessi di cemento armato, e seguì il richiamo giù per una serie di scale che portavano nei depositi dello scantinato, una fila di porte che si aprivano in stanze ammuffite e invase di escrementi di animali.

La trovò nella quarta stanza, legata alle sbarre del finestrino. Il vetro era stato sfondato e le mani erano state bloccate con del filo di nylon a una delle tre sbarre di ferro.

MacLanart la raggiunse in due falcate. Sfilò il pugnale dal fodero che portava legato alla gamba e tagliò il filo che le bloccava i polsi.

Lisa scivolò contro la parete e si accasciò su sé stessa, presa da una crisi isterica.

Non si era spaventata così tanto neanche quando Fischer l'aveva abbandonata da sola nella laguna. Nemmeno quando il gatto selvatico l'aveva aggredita, azzannandole il braccio. Ripiegò le braccia sopra le ginocchia e vi posò la testa spettinata, scossa da singhiozzi che non riusciva a frenare.

MacLanart l'afferrò per le spalle, chinandosi verso di lei.

"Dov'è Fischer?"

Lisa sollevò il viso sconvolto. Attraverso lo sguardo annebbiato vide la preoccupazione sul volto di MacLanart. Un brutto taglio gli deturpava la fronte, dove un grumo di sangue si era impastato nella frangia di capelli biondi.

Non le aveva chiesto se stava bene.

Fischer era l'unica cosa che occupava i suoi pensieri.

Si strofinò il viso per togliere le lacrime, rendendosi conto di quanto fosse stata sciocca a credere per un attimo che il ranger fosse corso per salvare lei. Quando sfiorò la guancia tumefatta tolse immediatamente le dita, sussultando dalla fitta di dolore.

"Jim..." iniziò a spiegare.

"Jim è morto, lo so. Fischer ha fatto esplodere la stazione... e anche il campo medico a Poland. C'era qualcun altro insieme a te? Ha parlato di mia sorella, suor Julia..."

Lisa mosse piano la testa in senso negativo.

"Non so dove sia. Non so cos'abbia in testa Fischer. Vuole lasciare l'atollo, ma ha detto che c'è un'altra persona... uno che vuole ammazzarti..."

Il rollio di un motore a elica che atterrava sulla pista fece azzittire entrambi.

MacLanart restò in ascolto, riconoscendo il rumore di un velivolo.

Lisa lo guardò senza capire, poi le venne un improvviso sospetto.

"Vuole fuggire con un aereo!"

MacLanart l'afferrò per le braccia, tirandola in piedi.

Non attese di vedere se Lisa fosse in grado di restare in equilibrio. Schizzò fuori dal deposito correndo più in fretta possibile, lasciandola lì a barcollare sulle gambe instabili.

Lisa fissò inebetita il vano vuoto della porta, poi la rabbia prese il sopravvento sulla paura passata e si sentì rimescolare dentro un desiderio improvviso di avere per le mani Fischer e di riempirlo di botte. Quello le fece muovere le gambe, la trascinò su per la scala di cemento, la spinse fuori dal caseggiato e rimase lì ferma a scrutare la pista d'atterraggio con gli occhi accecati dal sole.

La luce cadeva a picco sul cemento disegnando sagome evanescenti, là in fondo alla pista, dove un piccolo aereo da turismo stava atterrando.

Gallway?

Era stato lui a mandarmi Fischer come guida esperta della laguna... erano amici... erano più che amici...

Possibile che Gallway fosse in combutta con Fischer per il contrabbando di animali protetti?

Da lontano non sapeva riconoscere il modello del velivolo, ma il colore era quello. Del resto poteva anche sbagliarsi, i Cessna erano molto simili tra loro, si distinguevano giusto per la capienza. Quella era la carlinga di un aereo turistico bianco che rollava lungo la pista per venire incontro a un uomo, una macchia di colore che svaniva nel miraggio del riflesso del sole sul cemento. L'altra sagoma era quella di un fuoristrada che filava a forte velocità per raggiungere l'uomo.

Dietro ad essa, MacLanart.

Lisa si massaggiò i polsi tagliati dal filo di nylon, senza decidersi a muovere un passo.

La testa le pulsava come un compressore troppo carico, annebbiandole la vista e scoraggiandola dall'idea di raggiungere la scena che si stava svolgendo davanti a lei.

Era inutile. Sarebbe stato tutto inutile. Era come conoscere il finale di un film già visto un paio di

volte, ma senza la capacità di spegnere il televisore, come se si fosse stati comunque interessati a guardare la scena, pur sapendola a memoria.
Il fuoristrada non arriverà all'aereo in tempo...
Il Cessna volse la carlinga verso ovest, compiendo un giro di novanta gradi. Uno sportello si spalancò, venne calata una scaletta di metallo, e qualche istante dopo Fischer afferrò i corrimani salendo a lunghe falcate.
Non lo fermeranno... è troppo tardi...
Fischer si volse una volta sola. Fece uno strano gesto, una sorta di saluto militare verso la Parker che scendeva dal fuoristrada puntandogli contro un'arma.
Lo sportello si richiuse, seguito dalla raffica di spari. Totalmente inutili. Il motore prese potenza e un attimo dopo l'aereo si sollevava dalla pista.
Che cosa stupida...
Lisa si strinse le braccia attorno al corpo, trattenendo un brivido. Cosa diavolo era passato per la testa di Fischer? Perché rapirla, trascinare lì la Parker e MacLanart e poi darsela a gambe?
Perché uccidere Jim?
Perché far esplodere la stazione e il campo medico?
Vendetta?
Nella condizione in cui si trovava, nessun posto del Pacifico sarebbe stato sicuro per lui, ora che aveva un omicidio sulle spalle. Sarebbe stato braccato dai cacciatori di taglie che non avevano mezze misure quando si trattava di arrestare un omicida. Soprattutto se il morto era un ranger.
Lisa rivide per un istante il sorriso di Jim. Sentì la sua voce calda da americano del sud, le mani gentili sulla pelle.
Non era giusto. Lui non c'entrava nulla in quella storia. Era tutta colpa sua, che si era ostinata a restare sull'atollo anche con un tifone in arrivo. Era

solo colpa sua.

Si sarebbe maledetta per sempre per quella faccenda.

Anche quando fosse riuscita a ripartire da quel dannato atollo, quando sarebbe tornata al suo ufficio a Sidney, tra le scartoffie dell'ufficio, quando tutta quella storia sarebbe stata solo un pessimo ricordo su cui brindare per esserne usciti vivi, ovunque si fosse trovata, si sarebbe maledetta per sempre.

Vide MacLanart fermarsi sulla pista, una forma sottile nella luce abbagliante. Il fuoristrada stava ritornando indietro, guidato da una donna piuttosto alterata.

Lisa s'incamminò di nuovo come un automa, andando loro incontro.

Lo schianto arrivò dietro le sue spalle, poi qualcosa la sbalzò in avanti e la sbatté sul cemento.

Il buio e niente altro.

Portami con te

L'odore era insopportabile. Le entrava dal naso e scendeva dritto in gola, bruciando come lava al sapore di lisoformio.

Anche se avesse provato con tutte le sue forze a trattenere il respiro, a cercare un attimo di sollievo, coprendo le narici con un braccio, non sarebbe mai riuscita a eludere quell'odore e la sensazione di untuosità che le lasciava nei capelli. Oltre alla puzza di plastica bruciata che emanava dal cuscino. Ma probabilmente non era il cuscino a puzzare, era lei stessa.

Ed era sveglia.

Non era il solito attimo di veglia in cui passava tra un sonno senza sogni e l'ennesima catena di incubi. Era cosciente di essere finalmente presente, con la mente lucida. Doveva solo aprire gli occhi per capire dove si trovava.

L'odore di disinfettante però la diceva lunga.

Il posto era meno caotico di quanto ricordava. Non c'era il vociare dell'ultima volta che era uscita dal sonno artificiale, non si sentivano rumori di passi o ruote che slittavano sul linoleum. Niente luce improvvisa nelle iridi.

Aprì gli occhi mettendo a fuoco la stanza, un locale dal soffitto basso. Davanti a lei, pareti sporche di fuliggine. Una tenda di plastica occultava il suo letto al lato destro. Oppure occultava il letto di qualcun altro dalla sua vista.

Penombra data da una lampadina al centro del soffitto, una luce tremolante, simile a quella prodotta da un motore a diesel. Un generatore di riserva, senz'altro.

Era ancora sull'atollo.

In quello stramaledetto posto che si chiamava come il giorno di Natale.

Prese coscienza del proprio corpo quando involontariamente tentò di muovere le gambe, irrigidite dalla lunga inerzia. Una fitta di dolore partì dal ginocchio e risalì lungo tutto il corpo fino al cervello, bloccandola dov'era, con il fiato sospeso.

Si concesse qualche minuto per riprendersi, poi decise di provare a girare il busto. Riuscì a voltare la schiena sul materasso e il viso verso il soffitto. Almeno non respirava più l'odore impregnato nel cuscino, ma aria pulita, anche se afosa.

Si accorse in quel momento dell'uomo che sedeva nella poltrona accanto al letto, meravigliandosi della sua presenza. Teneva la testa appoggiata allo schienale, gli occhi chiusi nel volto ombreggiato dalla barba di un giorno, la divisa mimetica stazzonata di chi la indossava da parecchio tempo. Un grumo di sangue nero si era coagulato sulla fronte, impastato in un ciuffo della frangia bionda, dove un taglio la deturpava. Sembrava assopito, ma senza l'intenzione di dormire veramente, perché la piccola poltrona doveva essere piuttosto scomoda per un uomo della sua altezza e corporatura.

"MacLanart..."

La voce le uscì rauca, come se le fosse passato un rastrello nella gola. Tentò di nuovo, questa volta prendendo un buon respiro.

"Marin".

L'uomo si destò di colpo. Un istante dopo era in piedi accanto al letto, un braccio teso sulla testiera di ferro, l'altra mano a sfiorarle a fronte.

Lisa sussultò appena, quando le dita passarono sull'ematoma che le deturpava la guancia.

"Dove sono?"

"Sei al campo medico di Banana, il più vicino a Aeon Point. L'ospedale di London è stato devastato dal tifone, mentre qui hanno avuto solo un piccolo incendio". Le scostò i capelli dal viso, poi palpò con metodo professionale i muscoli facciali.

"Cos'è successo? Sento male dappertutto..."

"Hai battuto la testa, qualche contusione sulle braccia e sulle gambe. Ti hanno dato un sedativo per farti dormire, e per sentire meno dolore".

Lisa lo guardò confusa. Non ricordava nulla, tranne un sole abbacinante sulla spianata di cemento della pista di decollo.

"Fischer aveva piazzato un ordigno fai-da-te nella torre di controllo, probabilmente con l'idea che sarebbe esploso mentre tentavamo di tirarti fuori" concluse MacLanart.

"Fischer! Quel bastardo è riuscito a scappare e..."

"Certo che no! Lara ha emanato un mandato di cattura in tutti gli aeroporti da Kiritimati alla Polinesia. Hanno arrestato Fischer e Gallway allo scalo di Tafuna, nelle Samoa. Con un aereo da turismo non sarebbero mai riusciti a raggiungere una meta più lontana e soprattutto al di fuori della giurisdizione australiana".

"Allora è finita?" Lisa tentò di sollevarsi sui cuscini. Si sentiva soffocare in quel padiglione piccolo, dove la presenza di MacLanart riempiva lo spazio vitale, mettendola a disagio. Troppo vicino, e allo stesso tempo non abbastanza.

Il ranger l'aiutò a raddrizzarsi, poi recuperò la poltrona tirandola accanto al letto.

Almeno da seduto incombeva su di lei in maniera meno imponente, ma Lisa faticava a sostenere il suo sguardo, un intenso grigio-verde che la fissava come se avesse potuto leggere i suoi pensieri. Ogni tanto distoglieva gli occhi, guardando distrattamente le proprie mani raccolte sull'orlo del lenzuolo.

"Ha detto dove si trova suor Julia? L'hanno pagato per ammazzarci tutti. Dovete trovare il suo complice, arrestare quel pazzo".

"Non so di cosa stai parlando". MacLanart scosse

la testa, con un'espressione meditabonda. "Fischer è sotto interrogatorio in questo momento, ma non dice una parola. Chiede solo di vedere il suo avvocato".

"Ma ha ucciso Jim!"

"Non ne abbiamo le prove. Io non l'ho visto incendiare la stazione. È la sua parola contro la nostra".

"Me lo ha detto lui di persona, e mi ha rapito per uccidere anche me e te. Questo conterà pure qualcosa, no? E tua sorella, ti ha detto dove l'ha portata?"

"Non sappiamo nulla di suor Julia. È scomparsa da Poland nell'incendio del campo medico. Stanno setacciando tutta la spiaggia. Quando Fischer ci ha contattato via radio pensavamo che fosse con te, invece ti abbiamo trovato sola. Non abbiamo idea di dove sia, e se l'ha sequestrata non dirà dove l'ha portata fino a che non otterrà delle garanzie al processo".

"Ma è assurdo! Fischer ha un complice, e quel tizio tiene prigioniera tua sorella. Devi farlo parlare, prima che sia veramente troppo tardi. Se è necessario lo farò io".

Gettò indietro il lenzuolo e sfilò le gambe per scendere dal lettino.

La camicia bianca che le aveva passato l'ospedale le cadeva addosso come un sacco, fino alle ginocchia.

MacLanart l'afferrò per le braccia, bloccandola dov'era.

"Dove hai intenzione di andare?"

"Vado a prendere il primo aereo per le Samoa. Non resterò qui ad aspettare che la polizia trovi la maniera più veloce per rimettere quell'assassino a piede libero". Lisa tentò di svincolarsi dalle mani dell'uomo, che gentilmente ma con fermezza la tenevano seduta sul letto impedendole di alzarsi.

"Tu non vai da nessuna parte. Hai preso un brutto colpo in testa. Se sarà necessaria la tua testimonianza, la polizia ti manderà a chiamare. Per adesso resti qui senza fare storie".

"Ma, Julia! ..."

"Penso io a mia sorella. Tu invece devi metterti tranquilla e permettere ai medici di curarti".

Lisa scosse la testa, procurandosi un improvviso capogiro e un'emicrania. Il pensiero di dover restare rinchiusa in quel posto claustrofobico le mise addosso un'angoscia terrorizzante. Un qualcosa di simile a un attacco di panico, l'immagine fissa di un uomo che entrava nella corsia per scaricarle addosso un'arma.

Piantò gli occhi addosso al ranger, determinata a proseguire con le sue decisioni.

"Io qui non rimango, se so che c'è un complice a piede libero che potrebbe finire quello che Fischer non ha portato a termine. Voleva ammazzare tutti e tre noi, Jim, te e me, e non capisco perché ha tirato in mezzo anche tua sorella. Jim è morto, io sono qui viva per miracolo, e tu... potrebbe ucciderti appena esci dalla porta dell'ospedale".

Scivolò via dalle mani del ranger, alzandosi in piedi accanto al letto. Dovette però aggrapparsi alla testiera con una mano, e l'altra trovò il braccio di MacLanart. Per un attimo vide solo una lunga serie di puntini luminosi passarle davanti agli occhi e sentì la nausea assalirle lo stomaco.

"Lisa". MacLanart l'afferrò per i fianchi, permettendole di appoggiarsi a lui per resistere alla crisi di panico. Non aveva intenzione di toccarla più del necessario per rassicurarla, ma quando avvolse nelle braccia il corpo esile della ragazza, un bozzolo tremante ma determinato a sconfiggere il suo nemico, cadde l'ultima delle difese che aveva eretto contro il mondo esterno. Non poteva eludere ancora la certezza di aver trovato qualcosa di buono e di puro, se non negandone l'evidenza.

Lisa rappresentava quello che aveva chiuso fuori per tutto quel tempo, dopo la morte della sua matrigna e di suo fratello. Era tutto il dolore sofferto, insopportabile, che aveva rinnegato cancellando la propria esistenza passata con un colpo di spugna, come se non avesse mai avuto una famiglia. Era il cuore che riprendeva a battere con colpi di maglio, un muscolo che pensava di aver ormai atrofizzato e che faceva male sentire di nuovo vivo.

La ragazza aveva risvegliato vecchie sensazioni. Il calore di un corpo femminile, il battito di un cuore contro il suo, pelle contro pelle. Nonostante le ferite, l'odore del sangue e di bruciato. Un'essenza di vita che trascendeva lo stato reale delle cose.

"Lisa". Le sussurrò quasi in una sorta di preghiera. Ma non sapeva più distinguere se fosse un'esortazione a restare al sicuro in quell'ospedale, o se invece intendesse chiederle conferma delle sue sensazioni, quella consapevolezza che sembrava emanare dalla mente per estendersi lungo le braccia, che ancora la stringevano senza lasciarla andare.

A Lisa sembrò di essere, forse per la prima volta, veramente al sicuro. Non si dilungò ad analizzare cosa stava succedendo. Era così che aveva voluto essere da quando l'aveva ritrovata dispersa nella laguna. Niente altro aveva importanza.

Era stata una battaglia di due teste ostinate nelle proprie convinzioni esistenziali. Aveva eluso i segnali dell'istinto per imporre le proprie ragioni, la precisione e regolatezza di una vita impostata verso il successo personale contro la libertà selvaggia e senza limitazioni, senza altro scopo che arrivare alla fine del giorno per guardare un tramonto annegare nell'orizzonte dell'oceano.

Una battaglia che, sapeva già fin dall'inizio,

avrebbe perso se avesse passato un giorno di più su quell'atollo fuori dalle rotte della civiltà e del consumismo.

Affondò il viso nella camicia mimetica, aggrappandosi a quel corpo imponente che l'avvolgeva come proteggerla dal mondo esterno. "Portami via con te".

MacLanart ascoltò in silenzio. Le parole gli entrarono nel cervello come un comando remoto, innescando una reazione automatica.

La sollevò tra le braccia e uscì dalla corsia a passo veloce.

Non avevano più nulla da fare in quel posto.

* * *

Lisa fissò la propria immagine riflessa dallo specchio opaco, un rettangolo di vetro non più grande della copertina di un libro. L'ematoma violaceo sulla guancia, causato dal pugno di Fischer, faceva compagnia al bozzo rosso che le sporgeva dalla parte sinistra della fronte, il risultato del volo sulla spianata di cemento a Aeon Point.

A parte il mal di testa che le si era radicato nel cervello quando era finito l'effetto dell'antidolorifico, iniziava a chiedersi se il suo viso sarebbe mai ritornato quello di prima. La scottatura e i due colpi subiti le avevano fatto prendere almeno dieci anni in più. Aveva due occhiaie nere che le segnavano gli occhi castani e l'espressione guardinga di chi ha visto in faccia la morte e gli è sfuggita per un puro caso fortuito.

Distolse lo sguardo dallo specchio e si prese il viso nelle mani, i gomiti puntati sulle ginocchia.

Non era da lei abbattersi in quel modo. Di solito reagiva con energia a tutto quello che le capitava.

Eppure si sentiva stanca come non lo era stata da anni. Andarsene da Kiritimati, oppure restare fino alla fine di quell'assurda faccenda?

Fischer era stato arrestato, eppure lei era convinta che non era finita. Dov'era Julia? Perché non dava notizie di sé?

Si alzò dalla branda da campo e uscì dalla piccola tenda blu che le era stata assegnata dal Servizio Civile a Poland, avvolgendosi nella coperta. Si sentiva di nuovo soffocare, come se fosse stata rinchiusa in una scatola.

L'aria calda del giorno si era finalmente arresa alla notte, cedendo il posto a un vento fresco che trasportava l'odore acre e pesante degli ultimi fumi dell'incendio al campo medico.

La periferia del piccolo villaggio distrutto era ancora disseminata di detriti, esattamente come l'aveva lasciato il giorno prima, ora coperti da un sottile strato di cenere nera. Non aveva visto passare nemmeno un gatto o uno degli uccelli marini che di solito bazzicavano la battigia in cerca di rimasugli di pesce scartati dai battelli.

Non aveva voluto ritornare al suo alloggio a London, e poiché la stazione era andata distrutta restava solo la missione a Poland. MacLanart non aveva protestato per quella decisione. Era preoccupato per la scomparsa di sua sorella, anche se non lo dava a vedere, e ritornare al villaggio lo aveva in qualche modo sollevato.

Aveva accompagnato Lisa dal capo del Servizio Civile, che le aveva dato una tenda, una branda con una coperta e un cuscino, una tanica di acqua da cinque litri, un paio di t-shirts e di pantaloni di cotone, scarpe da tennis, un pezzo di sapone e una torcia a batteria. E quel quadrato di vetro che l'aveva demoralizzata quando vi si era riflessa. Dopodiché il ranger era salito su un fuoribordo ed era sparito lungo la costa.

Lisa non gli aveva chiesto dove stava andando. Nessuno a Poland aveva visto suor Julia, tutti presi com'erano a domare l'incendio, ma lui non si era soffermato sull'ipotesi che qualcuno potesse aver sequestrato la suora. Senza dire una parola si era allontanato con la barca, un'espressione determinata negli occhi chiari.

Lisa lo aveva visto però infilare un'arma nella cintura dei calzoni della divisa, prima di andarsene.

Questo era accaduto circa tre ore prima, subito dopo il tramonto. Guardò per l'ennesima volta il profilo notturno del bagnasciuga, mentre camminava sul lungomare di terra battuta. Oltre alle onde lunghe dell'alta marea che sbattevano sulla spiaggia rami di palme strappati dall'uragano, non vi era anima vivente che si muovesse con una barca.

Gli indigeni si era ritirati sotto la tensostruttura montata dai soccorsi civili, avevamo allestito una sorta di banchetto comunitario mescolando cibo in scatola, pesce e noci di cocco, e cantavano le loro canzoni in gilbertese per propiziare gli dei, combinando cristianesimo e paganesimo. Lei aveva accettato solo una scatoletta di tonno che aveva mangiato controvoglia direttamente nella lattina senza nemmeno ribaltarla nel piatto di plastica.

Raggiunse il piccolo molo di tavole che gli indigeni avevano arrabattato per permettere ai motoscafi della Protezione Civile di attraccare, e si spinse fino al suo termine, fissando la schiuma bianca delle onde che si infrangevano contro i pali di sostegno.

Come si era cacciata in quella storia? Ancora non riusciva a capirlo. Non era persona da infilarsi nei guai, a Sidney aveva una vita tranquilla, fatta di lavoro saltuario, qualche uscita con le amiche il venerdì sera per locali, il weekend nell'Outback alla fattoria dei suoi genitori. Qualche speranza per il futuro: un lavoro stabile al Dipartimento Ambientale, un uomo, una famiglia, dei figli. Non era un'avventuriera, e nemmeno cercava occasioni per diventarla.

Quel viaggio doveva essere l'inizio di una carriera promettente, non un disastro sentimentale costellato da tentati omicidi, rapimenti e percosse.

Il rumore di un motore diesel attrasse la sua attenzione quando ormai si era quasi avvicinato al molo. Un motoscafo affiancò il tavolato, e un uomo si arrampicò sul legno, raggiungendola.

Era una sagoma scura e magra. L'istinto le disse che non era MacLanart prima ancora che quello accendesse una torcia per illuminarla.

"Signorina Spencer?"

Lisa non riusciva a vederlo in viso, ma gli pareva un asiatico.

"Sono io. Lei chi è? Come conosce il mio nome?"

"Mi manda il signor MacLanart. La prego di seguirmi, l'accompagno sul *Penelope*".

"*Penelope*? Cos'è?"

"Uno yacht. Il signor MacLanart la sta aspettando".

Lisa restò titubante a un paio di metri di distanza dall'uomo.

Perché Marin era su uno yacht? Forse aveva trovato qualcuno che aveva informazioni sulla suora?

"Sa se per caso ha trovato sua sorella? Intendo suor Julia".

L'uomo annuì.

"La missionaria è sullo yacht. Vuole salire a bordo, prego? Il signor MacLanart non ama aspettare troppo a lungo".

"Sì, certo". Lisa si affrettò ad avvicinarsi e l'asiatico l'aiutò a scendere nello scafo.

Non si soffermò a chiedersi come faceva quel coreano o cinese che fosse a conoscere il suo nome e il suo viso. Ma essendo l'unica turista sull'isola, e non indossando la divisa dei soccorsi civili, l'uomo doveva aver capito che si trattava di lei anche da una sommaria descrizione del colore dei capelli e della corporatura. Un vero colpo di fortuna che l'avesse trovata sul molo, senza doverla cercare nel villaggio.

Non dovettero allontanarsi tanto dalla costa. Appena superato South-West Point entrarono nella Vaskess Bay. Al largo della Cecile Peninsula uno yacht era ancorato a distanza sufficiente per non arenarsi. Le luci accese degli oblò e della cabina di pilotaggio dimostravano che vi era qualcuno a bordo.

Accostarono il motoscafo con attenzione contro i paracolpi all'altezza di una scaletta di metallo. L'asiatico aiutò Lisa a salire i primi pioli e quando raggiunse il parapetto due mani l'afferrarono per le braccia tirandola sulla tolda.

Lisa si trovò a fissare un volto volitivo, in cui due occhi color grigio-verde la squadrarono con strafottenza. Capelli biondi tagliati corti, corporatura alta e imponente, abiti di classe in bianco.

Lo stesso sorriso sbilenco, ma dipinto di un certo divertimento, come di chi ha appena ottenuto un obbiettivo insperato.

Ma non la stessa persona.

Piccole differenze nei lineamenti squadrati della mascella, nella curva amara delle labbra sottili, e un velo di freddezza nelle iridi.

"Lei chi è?" Lisa articolò le parole, sentendosi irrigidire la guancia dove l'ematoma spingeva contro i muscoli. Il sangue le defluì dal corpo, quando si rese conto dell'inganno.

"Benvenuta a bordo del *Penelope*, signorina Spencer. Finalmente ho il piacere di conoscere la donna di mio fratello. Chi lo avrebbe mai detto, vero? In un giorno sono riuscito a radunare tutta la mia famiglia e anche di più".

"... fratello?" Lisa si sentì premere il mal di testa

contro le tempie, un martello che picchiava forte come se avesse voluto spaccarsi in due. Fratello, certo. Cosa altro poteva essere, se non suo fratello?

"Oh, Marin non le ha parlato di me? Ma che incredibile trascuratezza! Non importa, venga". L'uomo, quella fotocopia anomala di Marin MacLanart, la prese per il braccio trascinandola nell'ingresso del sotto-coperta. "Avremo tutto il tempo di conoscerci con calma, intanto che lo aspettiamo. Verrà, vedrà. Non impiegherà molto a trovarci".

Lisa puntò i piedi sul ponte, cercando di divincolarsi, ma quando l'uomo accennò a colpirla lei alzò il braccio libero sul viso con un improvviso grido di terrore.

Andrew l'attirò contro di sé, bloccandole i movimenti.

"Non sia stupida. Ormai è qui, se collabora non le accadrà nulla. A tutti gli effetti lei è mia ospite per stasera. Abbiamo una buona cena che ci aspetta, sarebbe un peccato sprecarla in discussioni".

Lisa tenne il viso coperto con il braccio che tremava.

"La prego... io non so chi lei sia, ma non mi faccia del male..." le uscì un ansito quando sentì il braccio muscoloso dell'uomo premere contro il corpo contuso.

"Non le verrà fatto alcun male. Dovrà solo fare quello che le dirò e tutto andrà bene. Avanti".

Lisa inciampò negli scalini, nella fretta di scendere. Il salotto rosso scarlatto le sembrò simile al boudoir di un bordello e faceva a pugni con l'abito monacale grigio indossato dalla suora che sedeva in un angolo, le braccia strette attorno al corpo e l'espressione terrorizzata sul volto slavato.

Quando la riconobbe, suor Julia si alzò andandole incontro. Prese le mani di Lisa e le strinse forte, più per assimilare coraggio che per infonderlo. Poi l'abbracciò come se fosse stata la sua più cara amica.

Lisa sentì la sua voce in un sussurro nell'orecchio.

"*Fai come ti dice. È pericoloso*".

"Su, su! Avrete tutto il tempo di farvi i complimenti quando saremo a tavola". Andrew prese un braccio della sorella, separandola da Lisa. "Scommetto che avete fame".

Le spinse verso una porta che conduceva in una cambusa. Era stato apparecchiato un tavolo stretto e lungo, sul quale erano posati vassoi di carne e pesce.

Lisa si sentì salire la nausea. Il mal di testa, forse, ma anche lo sballottamento dello yacht che seguiva le onde lunghe, strattonato dall'ancora. Tuttavia si sedette, per non provocare reazioni violente in quello sconosciuto.

Fratello di sangue forse, ma non aveva nulla a che vedere con il ranger.

Julia si sedette di fianco a lei, afferrandole una mano sotto il tavolo e stringendola forte.

Lisa non riuscì a resistere. Una seconda ondata di nausea la fece alzare dal tavolo per allontanarsi dall'odore pungente del cibo. Corse verso la scaletta, inseguita dall'uomo, e risalì fino al ponte.

Una volta raggiunto il parapetto si sporse per vomitare quel poco di tonno che aveva mangiato un'ora prima, poi si accasciò contro le sbarre di ferro appoggiandovi la fronte, il fiato rotto dallo sforzo e il corpo scosso da fremiti.

Sentì i passi dell'uomo raggiungerla e afferrarla per le spalle.

Appena la toccò scattò in lei una rabbia furiosa. Si volse e alla cieca gli gettò in faccia le unghie, urlando come un'isterica. Lo scozzese si ritrasse appena in tempo per evitare di essere ferito agli occhi. L'attimo di esitazione permise a Lisa di sollevarsi in fretta e scavalcare il parapetto.

L'impatto con l'acqua gelida dell'oceano le tolse il fiato. Affondò di un paio di metri nel nero più assoluto, poi l'istinto ebbe il sopravvento e le fece muovere le gambe e le braccia.

Completamente disorientata dall'assenza di luce, aprì gli occhi quel tanto che le permise di intravedere la superficie ondeggiare, in cui un paio di cerchi gialli filtravano attraverso l'acqua. Torce elettriche puntate verso di lei.

Si allontanò da esse, con i polmoni che stavano per scoppiare. Non aveva preso fiato nella sconsiderata decisione di gettarsi in acqua e ora il panico la spingeva a raggiungere l'aria prima possibile.

Il gelo iniziava a penetrarle nelle ossa e a irrigidirle le membra. Un nodo di terrore le serrò lo stomaco, massacrato dalla nausea.

Riemerse piuttosto lontano dalla barca, quel tanto che le bastò per aprire la bocca e ingerire ossigeno, ma senza farsi vedere. La luce delle torce non riusciva a illuminarla a quella distanza.

Muoviti, devi muoverti o muori congelata...

Le mani e i piedi erano pezzi di marmo. Sentiva la circolazione rallentare e il cuore pompare disperatamente per scaldare il corpo che si stava irrigidendo.

La spiaggia era una linea nera contro il blu cobalto del cielo trapuntato di stelle. Un tre quarti di luna sdraiata sulla propria schiena delineava il profilo frastagliato delle chiome delle palme. Nessun punto di riferimento. Però doveva nuotare in quella direzione.

Muoviti, muoviti...

Agitò piano le braccia per non smuovere troppo la superficie. Non voleva attirare l'attenzione della barca e nemmeno degli squali. Nuotò sott'acqua, emergendo ogni tanto per essere sicura di avere davanti a sé la linea della spiaggia. Sentì che lo yacht aveva azionato i motori e che altri fari erano stati accesi e puntati contro le onde. Alcune voci gridavano comandi.

Se ti prende è finita... chiunque sia, qualunque cosa voglia da te, non farti prendere...

Pensò solo per un fugace istante ai cento metri di oceano sotto di lei, poi concentrò l'attenzione al movimento delle braccia e a regolarizzare il respiro, sempre più affannoso. Lo yacht si stava muovendo nella sua direzione, i fari che scrutavano la superficie.

Sentì azionarsi un altro motore, quello del motoscafo.

Diede altre quattro bracciate disperate, mossa più dall'ostinazione che dalla forza.

Quando riemerse per riprendere fiato vide la fiancata del motoscafo di fronte a lei e una luce l'accecò.

"Signorina Spencer! Le lancio un salvagente. Lo afferri e l'aiuto a salire a bordo".

La voce dell'asiatico.

Lisa sputò acqua salata, esausta. Non aveva alcuna scelta. L'alternativa era morire assiderata in quel gelido oceano.

Quando sentì il tonfo del salvagente tese un braccio cadaverico verso di esso. Riuscì a infilarlo sotto un'ascella e lasciò all'uomo il compito di trascinarla fino al motoscafo.

* * *

Cecile Peninsula era un basso terrapieno che emergeva tra la spiaggia e una lanca sabbiosa. Era collegato alla terraferma da un lato, mentre dall'altro una duna permetteva all'acqua salata di entrare nell'insenatura durante la notte e al mattino si ritirava lasciando una palude di sabbie mobili.

Allacciata al terreno dell'atollo sul lato sinistro, il braccio di terra sporgeva tenendosi parallelo alla costa. La spiaggia digradava dolcemente fino a sprofondare nell'oceano, permettendo alle onde di abbattersi sulla battigia senza il riparo della barriera corallina, come al nord dell'atollo.

La bassa marea all'alba aveva allungato la spiaggia, creando l'illusoria impressione che il *Penelope* fosse ancorato più vicino alla riva. Una forma bianca e rilucente di specchi che emergeva dalla schiuma simile a una sirena, distinguendosi con la sua elegante silhouette dai pescherecci che rientravano dal lavoro notturno.

Il Blackhawk[5] sorvolò la penisola costeggiando la spiaggia corallina, poi deviò verso il nero liquido dell'oceano e disegnò un lungo cerchio in diagonale sopra lo yacht.

Lara Parker portò agli occhi il binocolo, regolando il fuoco.

"Un paio di uomini armati in coperta, fucili Remington. Uno in cabina di pilotaggio al timone".

Abbassò lo strumento ottico e si volse verso MacLanart, ai comandi dell'elicottero. Il volto dell'uomo era una maschera fredda, senza espressione. Fissava lo yacht quasi senza respirare, come se il suo intero universo si fosse improvvisamente bloccato in un secondo lungo un'eternità.

La comunicazione era arrivata mezz'ora prima al Comando di London. Un messaggio sulla frequenza utilizzata dai rangers, la voce spezzata di Lisa, che trascinava le parole. Un discorso breve, probabilmente preparato.

"*Sono Lisa Spencer. Chiamo dallo yacht Penelope. Andrew MacLanart desidera incontrare suo fratello Marin alle 07.00 sulla spiaggia di*

---

5 Blackhawk: elicottero in dotazione all'esercito australiano

Cecile Peninsula. Niente armi, niente rangers. Suor Julia ed io siamo tenute come garanzia".
Garanzia.
Ma garanzia di cosa, sant'Iddio?
"Sicuro di non volermi spiegare questa storia? Non riesco a capire cosa sta succedendo".
"Nemmeno io".
Un complice. Fischer ha un complice che tiene prigioniera tua sorella. Voleva ammazzare tutti e tre noi, Jim, te e me...
Le parole di Lisa si erano radicate nel suo cervello come un tamburo battente e tuonavano senza tregua con la migliore ipotesi di quel dannato casino.
Andrew vivo...
Andrew. Il fratello perditempo, sfaccendato, dilapidatore di patrimoni finanziari. Dopo il fallimento dell'industria di abbigliamento che apparteneva ai MacLanart da generazioni, a causa della sua cattiva amministrazione, si era defilato con il suo yacht senza pagare i debitori, inseguito dalle agenzie di recupero crediti. Si degnava di mandare notizie ogni tanto da qualche parte remota del globo.

A Marin era toccato risollevare il debito economico lasciato dal fratello, obbligato in parte dalle suppliche della loro madre adottiva.

La donna aveva sempre avuto un debole per Andrew, anche se aveva amato in egual modo tutti e tre i fratelli. Andrew doveva essere l'erede dell'impero MacLanart, secondo le sue disposizioni. Ma dopo aver perso le ultime speranze di ritrovamento, con un cuore capriccioso che minacciava di fermarsi da un momento all'altro, si era rassegnata a modificare il testamento a favore dei due figli adottivi rimasti. Poi si era sottoposta all'intervento di trapianto, spegnendosi sotto i ferri.

E ora Andrew era tornato dall'oltretomba.

Marin staccò finalmente gli occhi dall'imbarcazione, inclinò la cloche e fece rotta verso la spiaggia della penisola.

"Mi avevi detto che tuo fratello era morto in Nigeria durante una vacanza in crociera, dopo che era stato sequestrato dalla pirateria".

"Era quello che ci aveva confermato il Ministero degli Esteri inglese. Non abbiamo più avuto notizie dai negoziatori. Il denaro del riscatto è stato pagato, ma non hanno liberato Andrew. Una pessima operazione di recupero che è costata alla società assicurativa un crollo economico".

Il Blackhawk atterrò sulla lingua di terra retrostante la fila di palme da cocco che costeggiava il lungomare.

MacLanart sganciò le cinture di sicurezza e tolse le cuffie di comunicazione, inserendo nell'orecchio il piccolo comunicatore auricolare. Lara lo imitò, pronta a scendere, ma lui la bloccò sul sedile.

"Tu resti qui".

"Non ci penso nemmeno! Non ti lascio affrontare quei Remington da solo".

"È esattamente quello che farai, invece. Non sappiamo che intenzioni abbia Andrew, se veramente si tratta di lui. Lisa non lo conosce, ma se Julia è a bordo non abbiamo dubbi in proposito".

Lara scosse la testa, decisa a fare a modo suo, ma il ranger l'afferrò per le spalle, costringendola a guardarlo negli occhi.

"Devi essere pronta a intervenire quando te lo dirò. Ma resta dietro le palme e non farti vedere. Quando avrò capito cosa vuole mio fratello cercherò di far liberare le donne e di portarle in sicurezza".

Lara esitò qualche istante, mordendosi il labbro per trovare una soluzione a quella situazione per nulla divertente.

"Sei armato vero?"

"Ho il mio pugnale. Se vorranno togliermelo,

dovranno venire a prenderlo".

MacLanart le accarezzò una spalla per incoraggiarla. Aveva ancora quell'espressione di pietra negli occhi, ma una smorfia ironica sulle labbra non prometteva nulla di buono per coloro che andava a incontrare.

Lara si sentì afferrare il petto da un presentimento. Non era da lei farsi prendere dalla suggestione e il panico non sapeva nemmeno cosa fosse. Aveva sangue gilbertese, conosceva la forza dei tifoni e dell'oceano infuriato. La paura non era nel suo codice genetico. Si era guadagnata con le sue mani il grado di Comandante per quel sangue freddo che ostentava senza problemi di fronte alla forza della natura o a bracconieri di varie etnie. Eppure aveva una sensazione di pericolo imminente che le stringeva lo stomaco.

Si tese verso MacLanart, si aggrappò alle sue spalle tirandolo a sé e catturò le sue labbra in una sorta di bacio spasmodico che gli riempì la bocca, come se avesse desiderato strappargli l'anima.

L'uomo rimase immobile, senza partecipare al suo entusiasmo.

Quando si rese conto che non era corrisposta, Lara si staccò dal ranger e cercò i suoi occhi, pezzi di marmo grigio-verde che accettarono il dono di quella passione inconfessata, ma non con la stessa moneta con la quale lei lo aveva pagato.

Accettò la sconfitta, ma non si pentì di aver preso quello che da tempo desiderava ottenere.

Si chiese allora se vi fosse qualcosa dietro a quell'indifferenza, se per caso avesse un volto di donna e il nome di un antico dipinto.

Fu un pensiero fugace. Non era né il luogo, né il momento per essere gelosa.

"Fa attenzione".

MacLanart annuì con un mezzo sorriso asimmetrico.

"Faccio sempre attenzione. Tu guardami le spalle".

Le sfiorò il viso in una gentile carezza, poi saltò fuori dal Blackhawk.

* * *

Andrew MacLanart osservò con il binocolo la lingua di sabbia bianca dove la marea stava lentamente risalendo. La sagoma in verde mimetico era ferma a pochi passi dalla battigia, in attesa.

Il motoscafo con a bordo l'asiatico la stava raggiungendo, sobbalzando sulle onde continue che si infrangevano sul basso fondale corallino.

Dalla cabina di pilotaggio del *Penelope* poteva seguire le operazioni di imbarco di quello che fino a un anno prima considerava suo fratello e che ora vedeva esclusivamente come un ostacolo ai suoi progetti finanziari.

"Ha visto, signorina Spencer? Marin è stato puntualissimo all'appuntamento. E lei dubitava che sarebbe arrivato a salvarla".

"Ho bisogno di essere salvata?" Lisa non si preoccupò del tono provocatorio. Seduta in una poltrona, si teneva stretta una coperta attorno al corpo, le gambe esposte e rannicchiate sotto il busto, lo sguardo fisso verso il nulla. La voce rauca proveniva dalla gola in fiamme, dopo lo scampato assideramento della sera prima. Le avevano dato abiti asciutti e le avevano permesso di fare una doccia calda che le aveva riattivato la circolazione nelle membra irrigidite, ma le dita delle mani le facevano ancora male e i piedi non accennavano a scaldarsi, nonostante l'aria del mattino stava già raggiungendo i venti gradi.

L'uomo si volse a guardarla con un ghigno. Occhi di ghiaccio le percorsero il corpo con una bramosia che non aveva notato la sera prima. Sembrava eccitato dall'idea di averla alla sua mercé, nonostante lei tentasse continuamente di scappare appena se ne presentava l'occasione.

Evitò di incontrare il suo sguardo, perché le provocava istinti omicidi. Non riusciva a credere che una persona con lo stesso identico sangue di Marin potesse essere totalmente il suo opposto. Perfino l'odore che emanava la infastidiva, quando le si avvicinava per minacciarla con la sua imponenza. Le pareva di essere accanto a una iena pronta a sbranare.

Non aveva potuto evitare di tornare sul *Penelope*. Continuava a maledirsi per la propria debolezza. Si era ribellata a qualunque intimidazione, ma quando le avevano puntato una Sieg-Sauer alla tempia aveva accettato di parlare alla radio per inviare il messaggio al Comando. E ancora non se l'era perdonato.

Suor Julia era irrigidita e muta, seduta in un angolo del salotto scarlatto, sotto-coperta. Una donna completamente succube del fratello cattivo, incapace di opporsi e di difendersi.

Lisa ebbe per un attimo un pensiero di compatimento per la suora, del quale si pentì subito dopo. Era una donna fragile. Altrimenti non si sarebbe isolata dal mondo. Doveva essere scusata.

Ma lei non intendeva restarsene lì a guardare Andrew mentre portava a termine il suo piano, qualunque fosse lo scopo di tutta quella commedia.

Non si concesse nemmeno di pensare a Jim. Il poveretto era stato una vittima, così come lo sarebbe stata lei, alla fine dei giochi.

Sentì il motoscafo affiancare lo yacht e le voci di persone che si radunavano accanto alla scaletta di ferro.

L'angoscia le iniettò addosso una scarica di adrenalina. A piedi scalzi si alzò dalla poltrona, abbandonò su di essa la coperta e si avvicinò al vetro.

Sentì la mano di Andrew posarsi sul fianco in un gesto di possessiva pressione. Sobbalzò al contatto bollente delle dita sopra la maglietta, che la attrassero verso di lui.

"Vieni mia cara, andiamo incontro a Marin. È tanto che non vedo mio fratello, faremo una bella rimpatriata".

"Vacci da solo. E toglimi le mani di dosso".

Andrew accentuò la stretta, schiacciandole addosso il torace. Con un ginocchio le aprì le gambe, premendole contro l'erezione che tendeva i calzoni.

Sentì il suo fiato soffiarle sul collo mentre le sussurrava in un orecchio.

"Dopo, mia cara. Dopo avremo tutto il tempo per i giochetti. Lo senti vero? È tutto tuo, tra un attimo te lo farò sentire come si deve. Basterà che mi concedi un momento con il mio fratellino. Una firma su un pezzo di carta e il patrimonio dei MacLanart sarà tutto mio, come deve essere".

Lisa si divincolò, cercando di allontarsi da quella bocca oscena che le tracciava una scia umida sul collo.

Il movimento però aumentò la stretta del braccio di Andrew, e una mano gelida le artigliò un seno sotto la maglietta.

Lisa strinse i denti, ordinando al proprio cervello di non urlare o sarebbe stato peggio. S'immobilizzò e smise quasi di respirare, fino a quando un'ombra riempì la porta della cabina di Comando.

Spalancò gli occhi castani in un muto grido di aiuto, guardando di fianco alla spalla di Andrew la figura che entrava scortata dall'asiatico e da un portoricano con i fucili spianati.

Marin le rese lo sguardo con un'impassibilità che la spaventò, poi si rivolse al fratello.

"Ciao Andrew".

L'uomo si staccò da Lisa, spingendola da parte in

malo modo, alla stregua di un giocattolo usato. La ragazza barcollò fino alla parete, e lì rimase, pietrificata, ascoltando lo scambio di battute tra i due fratelli.

"Marin! Finalmente ci ritroviamo! Non sei felice di sapere che sono ancora vivo?" Andrew andò incontro al gemello tendendo le mani.

Marin fece un passo indietro, finendo con la schiena contro la bocca da fuoco del Remington imbracciato dall'asiatico.

Andrew gli posò le mani sulle spalle in un'allegra scrollata, dandogli alcune pacche amichevoli, come se stesse salutando un amico che non vedeva tempo.

"Ma guardati! Sembri più maturo di quando ti ho lasciato un anno fa a Santa Barbara con quell'hostess messicana con le tette rifatte. E hai anche cambiato genere, vedo". Andrew si volse verso Lisa, sogghignando. "È un po' pelle e ossa per i miei gusti, ma ha un fondoschiena niente male. E ha una bella bocca. Scommetto che..."

"Sta attento a quello che dici". Marin si liberò delle sue mani. Scrutava il volto del fratello come se avesse avuto di fronte un perfetto estraneo con la sua stessa faccia. Uno strano scherzo di natura.

"Hey, ma sto solo decantando le lodi della tua ragazza!" Si difese Andrew, incrociando le mani sul petto. "Non oserei mai offenderti, lo sai che ti voglio bene".

Marin spostò lo sguardo su Lisa per un breve momento.

"Ti ha fatto del male?"

La ragazza negò con un movimento lento del capo, restituendogli l'occhiata attraverso la cascata di capelli dorati che le ricadeva sugli occhi. Ma le parole non le uscirono, strozzate dalla paura.

"Certo che non le ho fatto del male!" protestò Andrew con un'espressione scandalizzata. "Per chi mi prendi? Non mi piace torturare le donne. Lo faccio solo se me lo chiedono loro, lo sai".

Marin riportò lo sguardo sull'alieno che rispondeva al suo stesso cognome.

"No, non lo so. Non ho la pallida idea di cosa tu faccia o non faccia con le donne e sinceramente non mi interessa. Vorrei solo conoscere il motivo di questa riunione di famiglia, con un fratello che ho dato per morto da più di un anno. Dov'è Julia?"

"Julia? Deborah, intendi? È giù che riposa, povera cara. Ha passato una brutta giornata ieri, ma oggi sta un po' meglio. Un vero peccato che quel Fischer abbia maniere così drastiche. A me interessava solo riunire la mia famiglia, apporre due dannate firme sul testamento della mamma e tutto era risolto. Forse quel bracconiere ha frainteso le mie parole: quando gli ho detto che volevo i miei fratellini qui con ogni mezzo e senza storie, deve aver capito che poteva usare gli esplosivi! Ma dimentico le buone maniere! Juan, prendi lo scotch. Dobbiamo brindare alla famiglia. Non sei felice di rivedermi, Marin?"

"Ci sto pensando, dammi qualche minuto".

Andrew si piegò in una risata scrosciante, aggrappandosi al braccio del fratello. Lo indicò a Lisa, rannicchiata contro la paratia.

"Lo senti? È sempre stato quello più spiritoso fra noi due, non è simpatico? Abbiamo condiviso tutto, da quando siamo nati. Alle feste era quello più gettonato. Senza di lui non era la stessa cosa. Ma le ragazze più carine cercavano solo lui e io che non ho tutto il suo carisma a volte fingevo di essere Marin MacLanart. Funzionava, sai? Fino a che non lo scoprivano, funzionava. Ma dovevo stare attento, perché quelle che si era portato a letto prima di me, accidenti a loro se se ne accorgevano!"

Batté ancora una volta la mano sulla spalla del fratello, stringendola poi in una morsa.

Il portoricano sghignazzò, mentre posava il fucile sul ripiano del bar e riempiva il bicchiere di wiskey.

Lo porse ad Andrew, che lo alzò per brindare.

"Ai fratelli ritrovati e alle donne con le cosce sode. Le due cose migliori sulla faccia della terra".

Gettò indietro la testa e ingoiò in un colpo solo la dose di whiskey.

Marin alzò il gomito e glielo piantò in faccia. Il fragile cristallo si frantumò in cento pezzi sul volto dell'uomo, che urlò di dolore.

Il ranger scalciò all'indietro contro l'inguine dell'asiatico e afferrò il fucile, usandolo come una mazza sulla faccia di Juan.

"Lisa scappa! Corri!"

Andrew si coprì la faccia insanguinata con le mani, barcollando alla cieca. Il portoricano ricadde sul pavimento con il naso spaccato, mentre l'asiatico era finito fuori dalla porta e si rotolava di dolore sulla tolda.

Lisa scattò come una molla, correndo senza quasi vedere dove andava. Raggiunse il parapetto e si gettò in acqua, il cervello completamente offuscato.

Marin la vide sparire oltre la balaustra d'acciaio. Sferrò una pedata alla testa del portoricano, tramortendolo, e si assicurò che l'asiatico seguisse la stessa sorte abbattendogli il calcio del fucile sulla nuca. Poi tornò ad affrontare Andrew, puntandogli addosso il Remington.

"Lara, ho la situazione sotto controllo. Lisa è caduta in acqua".

Mi occupo io di lei.

"Ma con chi cazzo stai parlando!!" Andrew levò le mani dal volto tagliato dal vetro, in cui le schegge si erano conficcate profondamente, e restò paralizzato davanti alla bocca da fuoco.

"Con il mio capo". Marin fece un lento cenno

della testa verso l'esterno del vetro che chiudeva la cabina di pilotaggio.

Il Blackhawk discese sopra l'oceano a una decina di metri dallo yacht, bloccandosi in *overing*[6]. Fu gettata una corda sull'acqua e un istante dopo Andrew vide Lisa aggrapparvisi. L'elicottero si allontanò a sufficienza per raggiungere la spiaggia, dove Lisa venne calata sulla sabbia.

Poi il Blackhawk ritornò a sorvolare lo yacht e la voce di Lara fu trasmessa da un altoparlante.

"Andrew MacLanart. La dichiaro in arresto per sequestro di persona in nome del Governo di Kiribati. Esca con le mani alzate e non tenti di fuggire. Il ranger ha l'autorizzazione di spararle a vista".

Andrew guardò suo fratello, il fucile imbracciato che lo minacciava senza cedimenti. Il volto di Marin era più freddo di una lapide. Non avrebbe ottenuto nulla da lui, nemmeno se si fosse messo in ginocchio.

Alzò le braccia e ripiegò le mani dietro la nuca, camminando a passo incerto con il sangue che gli colava negli occhi accecandolo.

Uscì sulla tolda del *Penelope*, dedicando uno sguardo di rabbioso compatimento verso il portoricano tramortito. Avrebbe dovuto arrangiarsi da solo, invece di affidare le armi a quell'incapace.

Il muso del Blackhawk era di fronte a lui, con le eliche che vorticano l'aria come un tifone. La donna nella cabina di pilotaggio lo guardava attraverso gli occhiali scuri, al di là del vetro, la mano sulla cloche pronta ad azionare il pulsante della mitragliatrice.

Andrew si volse di tre quarti, cercando di inquadrare il fratello che gli stava alle spalle.

Marin trascinò l'asiatico svenuto all'aperto, senza mai abbassare il fucile dalla traiettoria del

---

6 Overing: volo a modalità fissa.

gemello.

Andrew si concesse un ultimo ghigno.

"Non finisce qui. Non penserai davvero che dopo un anno di prigionia in Niger io me ne stia buono in una galera tropicale, vero? Ho abbastanza soldi per uscirne tra due giorni e allora verrò a cercarti. Mi hai portato via tutto: nostra madre, l'eredità, la libertà. Ma te la farò pagare, stai tranquillo. Pagherai tutto dall'inizio alla fine".

"Tu sei malato, Andy. E non uscirai di galera. Hai pagato un bracconiere per fare il lavoro sporco e ci è finito di mezzo un morto. Sei complice di omicidio. Io non ti ho portato via nulla. Il destino ha voluto così, ma invece di chiedere spiegazioni e cercare la verità ti sei accanito contro la tua famiglia. Buona fortuna".

Andrew chinò il capo, scaricandogli addosso una lunga serie di improperi.

Dal largo della costa di Poland arrivarono due motoscafi della Marine Park Autority con i rangers che raggiunsero il *Penelope* in pochi istanti.

Epilogo

"... ed è per questo motivo che, chiusi gli esperimenti nucleari nel 1962, Kiritimati è stato nominato parco marino. Quello che potete vedere con i vostri occhi, nell'acqua limpida della laguna, nel fragile ecosistema delle saline, l'atollo si può considerare un gioiello quasi unico sul pianeta". Il relatore del Dipartimento ambientale, dottor Michael Hamilton, si volse verso la ragazza alla sua sinistra tendendole una mano. "Signore e signori, permettetemi di presentarvi la dottoressa Monnalisa Spencer, responsabile del reportage fotografico che ha permesso l'accurata analisi ambientale di Kiritimati".

Un applauso accompagnò il relatore mentre lasciava il microfono e andava ad accomodarsi.

Lisa si alzò dalla poltrona imbottita, terza della fila di poltrone sistemate sul palco del Mauna Kea Ballroom all'Hawaii Prince Hotel di Waikiki. Si avvicinò al microfono e guardò a volo radente il salone, dove circa duecento persone erano state invitate alla presentazione del suo reportage fotografico.

Ambientalisti, ecologisti, rappresentanti di testate giornalistiche, fotografi e una serie mista di invitati senza particolari qualifiche, ma legati al Dipartimento dell'Ambiente e all'Australian Biological Resources Study.

L'aveva aspettato per tutti quei quindici giorni. Si erano lasciati con la promessa che avrebbe assistito alla presentazione. Del resto quanto s'impiegava da Kiritimati per raggiungere Honolulu? La Air Pacific aveva ripreso i voli di linea solo per portare le scorte di carburante e gli strumenti elettronici ospedalieri. Poi alla fine della stagione l'aeroporto sarebbe stato chiuso a causa dei troppi danni riportati dalla pista per colpa del tifone.

Ma lei non aveva mai dubitato che l'avrebbe raggiunta. Anche quell'ora e mezza, seduta a guardare lo schermo al plasma che riproduceva la sequenza delle immagini a favore del pubblico, con il relatore che raccontava la storia dell'atollo dalla sua scoperta fino al tifone che aveva devastato i villaggi nelle settimane precedenti, non aveva dubitato.

Forse era entrato mentre lei era seduta e non poteva vedere oltre le teste delle prime file.

Ma ora che era in piedi, che poteva vedere fino in fondo al salone da ballo, fino all'ultima fila di poltrone, dovette rassegnarsi.

Dalla quarta fila, Lara le fece un segno negativo con il capo.

Non era venuto.

Prese un respiro, lasciando scemare l'applauso caloroso che aveva accolto la sua introduzione al microfono.

Infine, recuperò i fili della scaletta di programma e parlò per alcuni minuti. Non del reportage, ma di quello che l'aveva portata a produrlo.

"È un grande onore per me essere qui stasera, a mostrarvi queste foto. Non per vantarmi di averle scattate e nemmeno per pubblicizzare un paradiso terrestre che probabilmente, grazie a questo reportage, acquisirà una tale notorietà che nei prossimi mesi potrebbe aumentare l'afflusso turistico. Mi auguro che accada tutto questo, certo, ma allo stesso tempo lo temo. Kiritimati è uno dei pochi luoghi sulla Terra dove l'economia è rimasta contadina e marinara, dove si cena a lume di candela per non consumare le scorte di carburante nei generatori, dove l'alba ti sorprende con un volo di aironi e puoi camminare a piedi scalzi sulla sabbia senza paura di siringhe abbandonate dai tossici o schegge di bottiglie rotte.

A Kiritimati il tempo scorre in maniera più lenta. Non ci si affretta per far arrivare sera. È un luogo dove, se vi rimani per molto tempo, diventi parte di esso, come un cespuglio di heliotropium o un ramo di corallo rosa". Si interruppe solo un istante, per tenere sospesa l'attenzione del pubblico, poi riprese con tono più conciso. "Devo ringraziare la disponibilità del Marine Park Autority per l'accoglienza riservatami a Kiritimati, nelle persone del Comandante Lara Parker e del ranger Marin MacLanart, che mi hanno assistito durante le due settimane di permanenza sull'atollo per il montaggio di questo servizio. Il reportage è dedicato a un caro amico scomparso in un tragico incidente alla stazione di Benson Point, il ranger James Turner. Grazie Jim, non ti dimenticherò mai".

La voce le si ruppe, ma il pubblico la sorresse con un altro applauso, mentre lei ingoiava le lacrime e sbatteva le ciglia per rimettere a fuoco la vista annebbiata.

Il pianoforte in fondo alla sala intonò *Memories*, mentre la gente si alzò per avvicinarsi al palco e congratularsi con lei. Alcuni avevano già tra le mani le copie della rivista dove era stato pubblicato il servizio per fargliela autografare. Sulla copertina era stata montata una sua foto, ritoccata per nascondere i lividi giallastri che ancora affioravano sotto la pelle del viso. Per quella sera aveva dovuto subire un'ora di trucco nel salone di un'estetista, per riuscire a mimetizzarli sotto il make-up, anche se restavano evidenti le occhiaie. Un abito di cotone bianco, il suo colore preferito, e i sandali di pelle completavano il suo abbigliamento.

Aveva insistito per organizzare la presentazione a Kiritimati, ma il Servizio Civile non aveva acconsentito all'allestimento della tensostruttura. London non era ancora in grado di ricevere turisti, con gli alberghi senza fornitura d'acqua ed elettricità, e i ristoranti senza generi di consumo.

Aveva dovuto cedere alla proposta di Honolulu e comunque si trovava nel Pacifico, a poche miglia marine da Kiritimati.

Lisa avrebbe voluto scivolare via, appartarsi sul bordo della piscina con qualcosa di alcolico, annebbiare la mente e i ricordi. E dimenticare.

Invece restò in piedi sul pavimento davanti al palco fino a quando la maggior parte del pubblico ebbe esaurito i complimenti, i saluti, le congratulazioni, le firme.

Era quello che aveva cercato.

Non era quello che desiderava in quel particolare momento.

Lara fu una degli ultimi a venire a stringerle la mano. Indossava uno degli abiti tradizionali gilbertesi, una versione elegante e multicolore che staccava completamente dalle toelette occidentali delle donne del pubblico.

"Grazie di essere qui, almeno lei".

"Dovremmo darci del tu". La donna si tese per baciarla sulle guance. "Torna a trovarci la prossima estate".

"Se mi accogli come la volta scorsa porto con me un cane cattivo".

"Sono stata così antipatica?" Lara si aprì in un allegro sorriso, poi tornò seria. "Mancherai a tutti. Davvero".

"Non proprio a tutti, a quanto pare". Lisa scosse la testa, come per scusarsi della propria vena polemica. "Non dovrei lamentarmi. Me lo aveva detto che non sopportava la civilizzazione e le città".

"Per questo volevi presentare le foto a London?" suppose Lara, scrutandola di traverso.

"Anche per questo, sì. Dubito comunque che sarebbe venuto anche là, in mezzo a tutta questa gente". La guardò per un lungo momento in silenzio, poi si rese conto che attorno a loro si era creato un vuoto.

La gente si era avvicinata al buffet, l'attenzione rivolta al cibo e allo champagne. Si sentì improvvisamente abbandonata. "Mi manca terribilmente" confessò a Lara. Ma era più che altro un'ammissione a sé stessa dei propri sentimenti.

Il Comandante le sorrise, stringendole una mano per confortarla.

"Lo so. Perché non vai tu da lui?"

"A Kiritimati?"

"Non è necessario andare così lontano. Basta che esci nel giardino". Lara le fece un cenno alzando il mento in direzione dell'uscita del salone, alle spalle di Lisa.

La ragazza si volse senza capire, scrutando fra gli ospiti che stavano passando dalle porte a vetri.

L'uomo era là in piedi, appoggiato allo stipite di una portafinestra. Guardava dalla sua parte, le mani infilate nelle tasche dei jeans. La camicia di cotone nero gli slanciava la figura facendolo spiccare tra i vestiti a fiori sgargianti degli ospiti. La capigliatura bionda era stata domata da un elastico che gli fermava una bassa coda dietro la nuca.

I piedi di Lisa si mossero da soli, fendendo la folla che aspettava il suo turno al buffet, che la fermava per un commento o una battuta.

Quando arrivò alla portafinestra lui era sparito.

Uscì nel giardino, girando attorno alla piscina e raggiungendo la terrazza che dava sulla spiaggia. Il profumo dei fiori tropicali le invase i sensi, acuiti dal calore che emergeva dalle piastrelle della terrazza.

Lo trovò là, il viso rivolto al tramonto che calava lentamente nell'oceano.

Rallentò la sua corsa affannosa, cercando di darsi un contegno, ma era così felice di vederlo che gli arrivò di fianco in un istante.

"Non avrei scommesso un dollaro australiano".

MacLanart si volse, fissandola con aria tranquilla. Non rise alla sua battuta. Aveva un'espressione intensa negli occhi chiari, come se aspettasse da lei una parola particolare.

"E invece avresti dovuto. Anche io ho scommesso".

"Su cosa?"

"Sul reportage. Su Kiritimati. Su tutto il resto".

"E cosa pensi di aver vinto?"

MacLanart l'attirò a sé, facendo aderire il corpo di Lisa al suo. Con le dita leggere sfiorò il viso levigato, là dove il trucco nascondeva l'ematoma, e si soffermò sulle labbra morbide, aperte in un lieve sorriso. Le coprì con le sue in un bacio affamato che si fece sempre più profondo ed esigente.

Lisa gli avvolse le braccia al collo trattenendolo il più possibile, incapace di credere alla fortuna che le era capitata, che l'aveva guidata nel più violento tifone nel quale si sarebbe mai potuta imbattere.

MacLanart si staccò un attimo da lei, sfiorandole la guancia con le labbra calde, fino all'orecchio sensibile.

"Te... ho vinto te".

Manufactured by Amazon.ca
Bolton, ON